Gänsehaut

DU WIRST AN MONSTER GLAUBEN

DAS BUCH ZUM FILM

Gänsehaut

DU WIRST AN MONSTER GLAUBEN

DAS BUCH ZUM FILM

Mit einem Vorwort von R. L. Stine

Nach dem Drehbuch von Darren Lemke, Scott Alexander
und Larry Karaszewski

Aus dem amerikanischen Englisch
von Christoph Jehlicka

cbj

cbj

Kinder- und Jugendbuchverlag
in der Verlagsgruppe Random House

MIX
Papier aus verantwortungsvollen Quellen
FSC® C014496

Verlagsgruppe Random House FSC® N001967

1. Auflage 2016

Dieses Werk wurde vermittelt durch die
Literarische Agentur Thomas Schlück GmbH, Garbsen
Gänsehaut Film © Columbia Pictures Industries, Inc.
Die englische Originalausgabe erschien 2015 unter dem Titel:
»Goosebumps The Movie: The Movie Novel«
bei Scholastic, Inc., New York
Basierend auf dem Drehbuch von Darren Lemke, Scott Alexander
und Larry Karaszewski
Übersetzung: Christoph Jehlicka
Umschlaggestaltung: basic-book-design, Karl Müller-Bussdorf
unter Verwendung des Filmplakats © CTMG 2015
SaS · Herstellung: AJ
Satz und Reproduktion: Uhl + Massopust, Aalen
Druck: GGP Media GmbH, Pößneck
ISBN 978-3-570-17223-0
Printed in Germany

www.gaensehaut-film.de
www.cbj-verlag.de

Einleitung – von R. L. Stine

Letzte Nacht hatte ich einen Albtraum. Ich träumte, dass ich die Einleitung zu diesem Buch schrieb. Hinter meinem Rücken murmelte jemand die merkwürdigen Worte, mit denen Slappy, die böse Puppe, zum Leben erweckt wird: *»Karru Marri Odonna Loma Molonu Karrano.«*

Ich hörte diese Furcht einflößenden Worte im Traum und wachte zitternd auf. Ich warf mich im Bett herum und erwartete, dass die Puppe mit ihrem grausamen Grinsen und dem kalten Blick in den Augen dort stehen würde – bereit mich zu terrorisieren. Aber … keine Spur von ihr.

Zum Glück werden solche Albträume nicht wahr.

Am nächsten Morgen bekam ich eine gute Nachricht. Sofort erzählte ich sie meiner Frau Jane. »Jack Black wird im Gänsehaut-Film mitspielen. Und er wird MICH spielen«, sagte ich. »Jack Black ist bombastisch!«

Jane nickte.

»Er ist wunderbar. Er ist umwerfend! Er wird MICH großartig spielen!«, rief ich und schlug mit der Faust auf den Frühstückstisch.

Unsere Hündin blickte von ihrem ersten Nickerchen des Tages auf und fragte sich vermutlich, was der ganze Wirbel sollte.

»Ich bin gespannt, wie er mich spielen wird«, sagte ich voller Aufregung. »Als Feingeist vielleicht? Oder dunkel und mysteriös? Als böses Genie?«

»Wahrscheinlich als Irren«, sagte Jane. »Oder wäre das zu realistisch?«

* * *

Ein paar Wochen später kam Jack nach New York geflogen, wir aßen zusammen zu Mittag. Wir unterhielten uns bestens und lachten viel.

»Ich weiß, wie ich Sie spielen werde«, sagte Jack, als wir beim Nachtisch waren. »Ich werde Sie als *Sie selbst* spielen – bloß viel finsterer.«

Das klang in meinen Ohren vernünftig. Als Mensch bin ich nicht sehr finster. Eine Zeitung aus Ohio schrieb einmal: »Als Mensch ist R. L. Stine in etwa so unheimlich wie ein Optiker im Brillenladen.« Im Grunde bin ich ein ganz fröhliches Kerlchen, das bloß gern an der Tastatur sitzt und sich gruselige Sachen ausdenkt, die Kindern furchtbare Angst einjagen sollen.

Ich war glücklich, dass Jack Black im Gänsehaut-Film mitspielen würde. Und ebenso glücklich war ich über das Casting der drei Teenager, die in der Geschichte vorkommen. Dylan Minnette, Odeya Rush und Ryan Lee waren allesamt siebzehn Jahre alt, höchst begabt und sehr nett. Bei unseren Gesprächen am Set in Atlanta amüsierten wir uns königlich.

* * *

Seit der Film angekündigt wurde, wird mir ständig ein und dieselbe Frage gestellt: *Um welches der Bücher geht's in dem Film?*

Eine schwere Entscheidung. Und sie musste getroffen werde, ehe das Drehbuch geschrieben werden konnte. Welche Geschichte sollte im Film erzählt werden? Welche böse Figur sollte vorkommen?

Sollte es eins der Slappy-Bücher werden? *Die Geistermaske*? *Willkommen in HorrorLand*? Ein Buch aus der *Monster Blood*- oder *Fear Street*-Serie? Dr. Crazy? Die fiesen kleinen Gartenzwerge?

Ich habe über 125 Gänsehaut-Bücher geschrieben. Eins davon für den Film auszuwählen fiel schwer – und das ist noch maßlos untertrieben.

Dann hatte das Drehbuch-Team eine geniale Idee: »Warum sollen wir denn den Film nur über *ein* Buch machen? Lasst uns doch versuchen, so viele Gänsehaut-Figuren wie möglich in die Geschichte zu quetschen.«

Und genau das taten sie.

Die Autoren stellten sich selbst vor eine gewaltige Aufgabe, die da lautete: Verwendet *Dutzende* von Monstern und Schurken und verrückten Gestalten aus den Gänsehaut-Büchern. Schreibt eine Geschichte, in der R. L. Stine und die Teenager so ziemlich jede üble Figur bekämpfen müssen, die es jemals gab.

Ja, alle in einem Film: der abscheuliche Schneemensch von Pasadena, die gigantische Gottesanbeterin, natürlich Slappy, in hämisch gackernder Höchstform, Zombies, wandelnde Vogelscheuchen, der Werwolf aus den Fiebersümpfen und fiese Gartenzwerge, wo man nur hinguckt.

Wie sollen diese Kreaturen jemals besiegt und dorthin zurückgeschickt werden, wo sie herkommen? Nun ja … davon handelt der Film.

Dieses Buch erzählt die komplette Geschichte. Mit all dem Grusel, all den Lachern – und all den Überraschungen und unverhofften Wendungen –, die auch im Film vorkommen. Und außerdem werdet ihr …

HEY! STOPP!

Was machst du denn hier? Slappy! Verschwinde! Hau ab! Raus mit dir! Albträume werden nicht wahr! Slappy – bitte …

Vielen Dank für die nette Begrüßung, R. L. Freut mich auch, dich zu sehen. Du weißt doch, wofür R. L. steht, oder? Für REAL LOSER. HA-HA-HA.

Gut siehst du aus, R. L. – ist das deine Nase oder futterst du gerade einen Fliegenpilz? Und toll, was du mit deinem Haar gemacht hast. Richtig gehört: Ich sagte Haar – Einzahl! HA-HA-HA. Ich hab schon Zwiebeln gesehen, die bessere Haut hatten als du! HA-HA.

War nur Spaß. Eigentlich finde ich dich ganz schön. Ganz schön hässlich! HA-HA-HA.

Hey, tut dir dein Gesicht weh? Mich bringt der Anblick fast um! HA-HA-HA.

Aber genug der Nettigkeiten: Ich bin bloß hier, um allen zu sagen, wer der wahre Held dieses Buchs ist. Ich geb euch einen Tipp. Man buchstabiert ihn nicht R. L. HA-HA-HA.

Viel Spaß beim Lesen, alle zusammen.

HA-HA-HA-HA!

Kapitel 1

Ich hätte nie gedacht, dass wir *wirklich* aus New York wegziehen würden.

Nicht als meine Mom mir den Arm um die Schultern legte und sagte: »Zach, wir brauchen einen Tapetenwechsel.«

Nicht als sie mir erzählte, dass Tante Lorraine in einer wunderbaren Kleinstadt lebte und dort einen großartigen Job für meine Mom gefunden hätte.

Genau genommen eigentlich so lange nicht, bis wir all unsere Sachen in einen Anhänger hinter unserem Kombi gepackt hatten – und losfuhren.

Kann man mir das vorwerfen?

Ich meine, wer verlässt denn bitte schön New York City, um in irgendeiner winzigen, sterbenslangweiligen Kleinstadt mitten im Nirgendwo zu leben?

Meine Mom, Gale Cooper.

Die macht das.

Und aus irgendeinem Grund musste sie mich mitschleppen. Sie versprach mir, dass ich mich sofort in Madison verlieben würde.

Das Erste, was ich sah, als unser Wagen über eine rostige Brücke in die Stadt tuckerte, war das Ortsschild mit der Aufschrift: Willkommen In Madison, Einwohner: 28 245.

Was übersetzt so viel hieß wie: *Willkommen im Nirgendwo, Einwohner: DU.*

Eine niedliche, kleine Innenstadt mit ungefähr vier Geschäften und derselben Anzahl an Leuten.

Eine Reihe von Restaurants, darunter ein China-Imbiss, der Werbung für seinen »Sushi-Mittwoch!« machte.

Mir drehte sich der Magen um, beim Gedanken daran, was man hier wohl unter Sushi verstand.

Meine Mutter guckte total begeistert durch die Windschutzscheibe – so als würden wir mitten über den Times Sqare fahren. »Weißt du, was mir hier gefällt?«, fragte sie mich. »Es gibt keinen einzigen von diesen anonymen 08/15-Läden. Das ist so erfrischend.«

Ich sank auf dem Beifahrersitz zusammen. »Sind wir in die Vergangenheit gereist, als wir über diese Brücke gefahren sind? Bist du dir sicher, dass die hier WLAN haben?«

»Nein, Zach, hier sitzen die Familien noch bei Kerzenschein vor dem Radio.« Meine Mutter grinste.

Sehr witzig, Mom.

»Brauchten sie denn wirklich nirgendwo anders eine stellvertretende Schulleiterin?«, fragte ich. »In Guantanamo vielleicht? Oder in Nordkorea?«

Sie lachte bloß.

Wir hielten an einer roten Ampel, direkt neben einem Streifenwagen der Stadt Madison. Die beiden Polizisten, die darin saßen, schliefen tief und fest. Entweder es handelte sich hier wirklich um die Sorte Kleinstadt, wo niemals auch nur das Geringste passiert, oder ich sollte wohl langsam anfangen, mir Sorgen zu machen.

***

Unser neues Haus sah aus wie ein … typisches Haus. Garten, Lattenzaun, Fußmatte vor der Tür. Ich stöhnte. Ich würde fortan wie in der Kulisse einer Vorabendserie wohnen.

»Schau mal, ein Garten!«, rief meine Mom. »So was hätten wir in New York niemals gekriegt!«

Vorgetäuschten Enthusiasmus beherrschte sie fast so gut wie schlechte Witze. Muss ein Teil der Ausbildung zur stellvertretenden Schulleiterin sein.

»Mom, du kannst aufhören, mir den Laden hier schmackhaft zu machen.« Ich hievte einen der Kartons aus dem Kofferraum. »Ich bleibe hier, weil ich dich liebe …«

»Oh, Schatz, ich liebe *dich*!«

»… und ich, weil ich mich informiert hab«, fügte ich grinsend hinzu. »Laut Gesetz darf ich erst mit achtzehn Jahren alleine wohnen.«

Sie schüttelte den Kopf und ging rein. Ich nahm mir einen Moment Zeit, um mich umzuschauen und die Sache in meinen Kopf zu kriegen: *Das hier ist jetzt dein Leben.*

Im Fenster des Nachbarhauses war für den Bruchteil einer Sekunde eine Bewegung zu sehen. Zumindest glaubte ich das. Doch als ich mich umdrehte, war nichts mehr davon zu sehen. Nichts und niemand.

Na super. Spionierende Nachbarn. Noch etwas Liebenswertes am Kleinstadtleben. In New York war man nie wirklich allein – aber man wurde ziemlich gut darin, die Leute um sich herum zu ignorieren, und die Leute ignorierten einen ebenfalls. So mochte ich es.

Das Innere des Hauses erfüllte weitgehend die Erwartungen, die es von außen weckte. Das Abziehbild einer Vorstadt-Vorabendserien-Idylle.

»Guck dir diese Küche an!«, sagte meine Mutter, während sie Pirouetten durch den großen Raum drehte. »Die ist größer als unsere komplette alte Wohnung.«

Sie hatte recht. Die Küche war riesig. Jedes Zimmer im Haus war riesig im Vergleich zu dem, was ich gewohnt war. Reine Platzverschwendung, wenn man mich fragte.

»Wir kochen doch gar nicht«, erinnerte ich sie.

»Aber guck dir doch mal den Tresen an – da können wir das ganze gelieferte Essen draufstellen.« Dann verstummte sie und legte den Kopf schief. »Hörst du das?«

Ich lauschte angestrengt. »Ähm … ich höre gar nichts.«

»*Genau.*«

Ich wusste, was sie meinte. In New York hatte man den Lärm von Sirenen, einparkenden Lkws, Baumaschinen, hupenden Autos, brüllenden Fahrern, zugeschlagenen Türen – ja, von Menschenleben – ständig um sich herum. Und zwar buchstäblich. In Madison hörte man nichts außer Vogelgezwitscher und dem sanften Flüstern des Windes.

Ich hatte es also kapiert. Ich verstand bloß nicht, was sie daran *mochte*.

»Live aus New York …«, ertönte eine Stimme hinter mir. Ich wirbelte herum und sah Tante Lorraine. Sie hielt ihre

Faust wie ein Mikrofon vor den Mund. »… meine Schwester Gale und unser Special Guest, mein Neffe Zach!«

»Hallo, Tante Lorraine.« Ich fragte mich, ob sie mein leichtes Zurückweichen bemerkt hatte. Tante Lorraine war eine von diesen Wangen-Kneiferinnen. »Schön dich zu sehen.«

»Der Junge wird von Mal zu Mal hübscher, Gale«, sprudelte es aus ihr heraus. »So ein gut aussehender junger Mann!«

»Danke, Tante Lorraine.«

Nur um das klarzustellen: Ich bin nicht hübsch. Die einzigen Menschen, die mich für gut aussehend halten, sind mit mir verwandt.

»Einfach ein schöner Junge«, sagte sie. »Und das, wo er doch als Baby so hässlich war – wenn man mal ehrlich ist.«

Äh … besten Dank?

»Lorraine …« Meine Mutter schüttelte den Kopf.

»Schon gut«, sagte meine Tante. »Jetzt sieht er doch toll aus. Und es ist ja nicht so, dass er wieder hässlich werden wird. Gutes Aussehen ist ja keine Phase. Niemand ist erst hässlich, dann hübsch – und wird dann wieder hässlich. Die Gefahr ist gebannt.« Sie schaute einen Augenblick lang in die Ferne, und daran, wie sie ihre Nase kraus zog, konnte ich erkennen, dass sie an meine Babyfotos dachte. »Was für ein *hässliches* Baby.«

»Ja, Tante Lorraine, das erwähnst du jedes Mal, wenn wir uns sehen.«

»Ach, das hätte ich fast vergessen!« Sie wühlte in ihrer Umhängetasche und holte eine Yankees-Mütze hervor. Eine glitzernde Yankees-Mütze, die von einer Million Kunstedelsteinen übersät war. »Aus meiner neuen Herrenkollektion!« Sie setzte mir die Mütze auf.

»Sehr … aufmerksam«, sagte meine Mutter.

Ich sah, dass sie sich das Lachen verkneifen musste. Sie machte eine auffordernde Handbewegung in meine Richtung. »Sag Danke schön.«

Es gab eine Menge Dinge, die ich in Bezug auf diese Mütze hätte sagen können. *Danke schön* stand nicht sehr weit oben auf der Liste.

»Die gibt's nur in limitierter Auflage«, sagte Tante Lorraine stolz. »Du wirst nicht viele Männer damit rumlaufen sehen.«

»Ich kann mir nicht vorstellen, dass ich auch nur einen einzigen sehe«, murmelte ich. »Ähm, ich glaub, ich geh mal das Auto ausladen.«

Ich machte mich schnell aus dem Staub und überließ es meiner Mutter, sich weiter mit ihrer Schwester zu unterhalten. Darüber, wie gut ich inzwischen aussah. Besonders mit meiner neuen, glitzernden Mütze.

Es gelang mir, drei Kartons übereinanderzustapeln und diese die halbe Einfahrt raufzutragen. Dann spürte ich, wie der Boden der untersten Kiste nachgab. *Oh-oh.* Ich schob meine Hand darunter, um ihn zu stützen, doch dadurch kam der ganze Stapel aus dem Gleichgewicht. Der oberste Karton begann zu rutschen und ich geriet ins Wanken …

Und schon stand ich inmitten eines Haufens von verbeulten Kartons. Einer davon ging auf und spuckte einen Berg Boxershorts aus.

Und das war selbstverständlich der perfekte Augenblick für das schönste Mädchen der Welt, um den Kopf aus dem Fenster des Nachbarhauses zu strecken und Hallo zu sagen.

Kapitel 2

»Du bist also der neue Nachbar«, sagte das Mädchen, während sie nicht mich, sondern die Boxershorts anguckte.

Sie war … wow! Sie hatte dieses lange, braune Haar, voll und wellig, wie aus einer Shampoowerbung. Und diese strahlend blauen Augen, die einen dazu bringen, Gedichte über den Himmel und das Meer zu verfassen und all den Mist. Wenn man der Typ ist, der Gedichte verfasst.

Was auf mich offensichtlich nicht zutrifft.

»Schön dich kennenzulernen«, sagte ich, während ich panisch meine Unterwäsche zurück in den Karton stopfte.

»Wie lange seid ihr aus New York hierhergefahren?«

Woher wusste sie, dass ich aus New York kam?

»Hab ich an deiner schicken Mütze erkannt«, erklärte sie.

Oh ja. Richtig. Diese glitzernde, pink- und lilafarbene Ausgeburt der Peinlichkeit. Ich wollte auf der Stelle im Boden versinken. Genau genommen wollte ich, dass die *Mütze* im Boden versank. Oder sich spontan in Luft auflöste. Als das beides nicht passierte, riss ich sie mir vom Kopf und steckte sie schnell in meine hintere Hosentasche. »Ist eigentlich nur ein Geschenk von meiner Tante.«

Das Mädchen hatte das Lächeln einer Katze. »Ein Geschenk, von dem auch ich etwas habe – und alle, die dich damit sehen dürfen.«

Bleib cool, versuchte ich, mich selbst zu ermahnen … als wäre ich jemals in meinem Leben cool geblieben.

»Na dann, gern geschehen, Mädchen am Fenster. Ich bin übrigens Zach.«

»Ich bin Hannah.« Sie schaute hastig und nervös über ihre Schulter. »Ich muss weg.«

Dann war sie einfach verschwunden. Und wer trat an ihre Stelle? Ein schleimiger Typ jenseits der vierzig, mit dicker schwarzer Brille und etwas zu engem schwarzen Anzug. Er sah wie eine Art Professor aus … falls es Professoren für Unheimlichkeit gibt.

»Hallo, wir ziehen gerade ein«, sagte ich, in der Annahme, dass man so etwas unter Nachbarn in einer Vorabendserie sagte.

Der Typ starrte mich bloß an. Ohne jeglichen Gesichtsausdruck. Als trüge er eine Maske.

»Bloß meine Mom und ich«, fügte ich hinzu. Dann deutete ich auf die Mütze, für den Fall, dass die ihn abschreckte. »Die hier war ein Geschenk.«

Vielleicht konnte der Mann nicht sprechen? Oder ich befand mich in einem dieser Filme, in denen der Typ von nebenan ein Serienmörder ist?

Professor Unheimlich hob den Arm und zeigte nach unten. »Siehst du den Zaun da?«

»Äh, ja?« Es wäre schwierig gewesen, ihn nicht zu sehen. Er verlief genau auf der Grenze zwischen unseren beiden Grundstücken. Er war schwarz, hoch und gusseisern.

»Bleib auf deiner Seite«, sagte er. »Halt dich von meiner Tochter fern, und halt dich von mir fern, dann werden wir keinerlei Probleme miteinander haben.« Er knallte das Fenster zu und zog die Vorhänge vor. Ich hörte etwas, das sich wie das Klacken eines Schlosses anhörte.

Eines großen Schlosses.

Und da heißt es immer, *New Yorker* wären unfreundlich!

Kapitel 3

Ich sammelte die Kartons wieder ein und ging ins Haus. Mom und Tante Lorraine waren bereits beim Auspacken.

Sah ganz so aus, als ob wir jetzt wirklich hier wohnten.

»Ich hab gerade unseren Nachbarn kennengelernt«, sagte ich. »Ist echt ein Teddybär.«

»Mr Shivers?«, strahlte Lorraine. »Er ist vor einigen Jahren hierhergezogen. Ein mysteriöser Mann. Sehr sexy. Ich liebe seinen Duft. Er riecht nach dieser intensiven, harzigen Pinienart.«

»Mein Typ ist er nicht so«, sagte ich mit einem Schaudern.

Tante Lorraine ist toll, wirklich, aber wenn sie anfängt, von intensiven Pinienarten zu reden, möchte ich mir nur noch den Finger in den Hals stecken und würgen.

Meine Mutter riss das Klebeband von einem Karton und öffnete ihn. Sie holte eine hölzerne Plakette heraus, die ganz oben gelegen hatte, und wir wurden alle still.

Mom schluckte. »Oh.«

Es war eine große verzierte Holztafel mit der großen verzierten Inschrift IN GEDENKEN AN DIE NEW YORKER FEUERWEHRLEUTE.

Ich hasste diesen Anblick.

»Alles okay, Schatz?«, fragte sie mit dieser wackligen Stimme, die so viel bedeutete wie: *Ich kann mich zusammenreißen – aber nur wenn du es kannst.*

»Ja, tut mir leid.« Ich räusperte mich und versuchte, einen neutralen Gesichtsausdruck aufzusetzen. Für sie konnte ich mich zusammenreißen. Damit sie sich keine Sorgen um mich machen musste. So wie es mein Vater von mir erwartet hätte.

»Ich geh in mein Zimmer und packe meine Sachen aus. Dann kann ich das schon mal abhaken.«

Ich verließ den Raum, bevor eine von beiden etwas sagen konnte, das uns alle zum Heulen gebracht hätte. Ich hasste es, zu heulen.

Und ich hatte in letzter Zeit mehr als genug geheult.

Das war die Sache mit meiner Mom und mir. Wir kamen zu zweit echt gut klar. Aber wir wussten beide, dass es eigentlich anders sein sollte. Dass wir eigentlich zu dritt sein sollten.

Ich, meine Mom und mein Dad.

Sobald ich in meinem Zimmer war und die Tür hinter mir geschlossen hatte, spulte ich das Band auf der alten Videokamera meines Vaters zurück. Ich hatte es schon öfter gesehen, als ich jemals zugeben würde. Auf dem Film war mein Vater in Uniform zu sehen, wie er gerade vom Bürgermeister eine Medaille verliehen bekam.

Ich war damals so stolz auf ihn gewesen. Ich wäre am

liebsten aufs nächste Hausdach geklettert und hätte es in die Welt hinausgebrüllt: *Das ist mein Dad.*

Ich hatte das Video so oft gesehen, dass ich die Rede des Bürgermeisters auswendig mitsprechen konnte:

»Wir haben vergessen, was das Wort *Held* eigentlich bedeutet. Es hat nichts damit zu tun, wer den entscheidenden Korb wirft oder wer auf der Titelseite einer Zeitschrift steht. Ein wahrer Held ist jemand, der sich selbst nicht so wichtig nimmt, der Opfer bringt, der sich dem Unheil in den Weg wirft, um andere zu beschützen. Lieutenant Neal Cooper ist so ein Held.«

Manchmal machte ich mir Sorgen, dass ich selbst diesem Anspruch womöglich nie gerecht werden würde. Dass ich nie so ein Held werden würde wie mein Dad.

Manchmal wünschte ich mir dagegen, dass er sich dem Unheil nicht ganz so eifrig in den Weg geworfen hätte. Vielleicht wäre er noch bei uns, wenn er ein nicht ganz so großartiger Held gewesen wäre.

Meine Mutter kam zur Tür rein und ich machte das Video schnell aus. Sie brauchte nicht zu wissen, wie oft ich es anschaute. Sie hätte sich bloß Sorgen gemacht, und davon hatte sie so schon mehr als genug.

»Wirklich alles in Ordnung bei dir, Schatz?«

»Hab gerade ein Babyfoto gefunden«, sagte ich und versuchte dabei, fröhlich zu klingen. »Ich sah wirklich aus wie ein kleiner Gorilla.«

Sie kaufte es mir ab. Ich merkte es daran, wie das falsche, angespannte Lächeln auf ihrem Gesicht zu einem echten, befreiten Lachen wurde.

Und in dem Moment entschloss ich mich, dafür zu sorgen, dass diese ganze Nummer mit dem Raus-ins-Nirgendwo-Ziehen funktionierte.

Nun war ich an der Reihe, ein paar Opfer zu bringen.

Kapitel 4

Es ist natürlich das eine, ein paar Opfer zu bringen.

Etwas anderes ist es, mitten im Halbjahr auf eine neue Schule zu kommen, an der die eigene Mutter stellvertretende Direktorin ist.

Letzteres glich eher der Art von Opfer, bei der man sich selbst in einen aktiven Vulkan stürzte.

Am nächsten Morgen fuhren wir zusammen zur Schule und sie parkte den Wagen auf dem Lehrerparkplatz. »Los geht's! Dann wollen wir mal ein paar neue Freunde finden!«

Sie klang wie eine Cheerleaderin, die zu viel Kaffee getrunken hatte. Meine Mutter ist ein Morgenmensch. Unfassbar anstrengend.

Bevor sie aussteigen konnte, drückte ich den Knopf der Türverriegelung. »Was hast du vor?«, fragte ich.

»Zur Arbeit gehen«, sagte sie. »Ein bisschen unterrichten. Ein bisschen Papierkram erledigen.«

Genau das meinte ich. Diese Übermotiviertheit.

Vielleicht war es an der Zeit, ein paar Spielregeln festzulegen.

»Mom, ich bin hier neu an der Schule, was für sich genommen schon die ein oder andere Schwierigkeit mit sich bringt. Ich bin mir nicht sicher, ob es jetzt hilfreich wäre, mit der stellvertretenden Direktorin da reinzumarschieren.«

»Jetzt mach dich doch nicht lächerlich. Ich bin doch nicht bloß die stellvertretende Direktorin. Ich bin doch auch deine Mutter.«

Warum sind Eltern eigentlich nicht in der Lage, die einfachsten Grundlagen des Lebens zu begreifen?

Sie öffnete die Türverriegelung, ich schloss sie wieder.

»Vorschlag«, sagte ich. »Du gibst mir sechzig Sekunden Vorsprung. Dann habe ich wenigstens eine Chance.«

»Abgemacht«, sagte sie. Und dann, ganz ernsthaft: »Aber dafür versprichst du mir, dass du dir Mühe gibst.«

Ich seufzte. »Du weißt, das kann ich nicht versprechen.«

Diesmal war sie es, die die Hand über die Türverriegelung hielt.

»Versprochen«, sagte ich. »Aber mal ehrlich, der Trick mit der Türverriegelung ist doch unter deinem Niveau, oder?«

Ich zwinkerte ihr zu, dann sprang ich aus dem Wagen und lief in Richtung Schule. Ich hatte sechzig Sekunden Zeit, um so viel Abstand wie möglich zwischen mich und die stellvertretende Schulleiterin zu bringen. Und ich verschwendete keine einzige.

Die Schule war wie jede andere Schule, oder zumindest wie jede andere Schule, auf die ich bisher gegangen war. Ich meine, der Schulhof war zwar größer, als ich es gewohnt war, aber die Schüler sahen eigentlich genauso aus. Die üblichen Verdächtigen: Hipster, Spießer, Nerds und Sportskanonen.

Der Schultag endete mit einer Vollversammlung, auf der die neue stellvertretende Direktorin vorgestellt wurde. Ich wartete, dass es losging, als ein dürrer Junge mit Überbiss sich auf den freien Platz neben mir setzte.

»Hi, ich bin Champ«, sagte er. »Na, wie gefällt dir Madison bis jetzt?«

»Hat meine Erwartungen noch übertroffen«, antwortete ich.

Auf der Bühne ergiff gerade der Direktor das Mikrofon und fing trotz der quietschenden Rückkopplung einfach an zu reden. »Also, setzt euch bitte hin. Ich freue mich, euch die neue stellvertretende Direktorin, Miss Cooper, vorstellen zu dürfen. Ich hoffe, ihr werdet sie mit demselben Respekt behandeln wie mich.«

Nach den Furzgeräuschen aus der letzten Reihe zu urteilen, war es mit diesem Respekt nicht allzu weit her.

»Wer war das?«, rief Direktor Garrison und blickte scharf ins Publikum. »Wer war das?!«

Schockierenderweise hob niemand die Hand.

Meine Mutter trat ans Mikrofon. Der Footballtrainer applaudierte heftig – aber ansonsten?

Totenstille.

»Hallo, alle zusammen«, sagte sie, ohne auch nur im Geringsten nervös zu klingen.

Ich war stolz auf sie – doch ich konnte trotzdem nicht anders, als sie mir an irgendeine andere Schule zu wünschen.

»Ich bin mir sicher, dass ich im Namen des gesamten Kollegiums spreche, wenn ich euch sage, wie sehr wir alle uns darauf freuen, morgen mit euch den Herbstball zu feiern.

Ich kann es kaum erwarten, mit euch die Tanzfläche unsicher zu machen.«

Ehrlich, an *jede* andere Schule.

Champ lehnte sich zu mir rüber. »Sie ist noch schlimmer als die letzte«, flüsterte er.

Ich sah ihn scharf an. »Das ist meine Mutter.«

»Und die letzte war *großartig*«, fügte er schnell hinzu.

»Noch eine kleine Bemerkung zum Schluss: Passt gut auf euch auf und amüsiert euch!«, sagte meine Mutter.

»Gehst du mit irgendwem zu dem Ball?«, fragte mich Champ.

Als ob ich nicht den Satz *Ich gehe nicht auf Bälle* auf meiner Stirn stehen hätte.

»Nein.«

»Cool. Ich auch nicht« sagte er. »Vielleicht sollten wir zusammen gehen.«

»Äh … zusammen?«

»Natürlich nicht *so* zusammen«, sagte er schnell. »Nicht zusammen tanzen. Obwohl – vielleicht könnten wir so die Leute in Fahrt bringen, und dann mit unterschiedlichen Mädchen abziehen. Ja, das könnte auch funktionieren.« Er hielt mir eine Visitenkarte hin. »Bitte sehr. Ruf mich an oder schreib mir eine Nachricht oder einen Tweet. Meine Kontaktdaten stehen alle da drauf.« Er zeigte auf die winzige Druckschrift. »Das ist meine Adresse und das meine Spindnummer.«

»Da muss ich mich wohl bedanken, was?«

Und schon hatte ich meinen ersten, offiziellen Freund an der Madison High School gefunden.

Es lag noch eine Menge Arbeit vor mir.

Kapitel 5

Selbst in Vorstadt-Vorabendserien musste irgendjemand den Müll rausbringen. Und genau wie in der Großstadt hieß dieser Jemand Zach.

Ich schleppte die Säcke hinters Haus und stopfte sie in die Mülltonnen. Abends war es dort richtig dunkel und ich hatte mich immer noch nicht daran gewöhnt. Man hörte nichts als das Zirpen der Grillen und das Rascheln des Grases.

Es war einfach zu leicht, sich einzubilden, dass sich dort im Dunkeln jemand versteckte.

Einen beobachtete.

Einem auflauerte.

Und es war sogar ziemlich leicht, sich einzubilden, dass man sich das *nicht* bloß einbildete.

»Hallo?«, fragte ich und kam mir dabei ein wenig blöd vor. Aber ich hatte einfach dieses Gefühl. Dieses Gefühl, das man hat, wenn man beobachtet wird.

Ich nahm den Deckel von der Mülltonne und hielt ihn wie einen Schild vor meinen Körper. Es war zwar nur ein schwacher Plastikschild, der nach Müll stank, aber man muss nun einmal mit dem vorliebnehmen, was man hat.

»Ist da jemand?«, fragte ich in die Nacht hinein, in der Hoffnung, furchtlos zu klingen.

Hinter mir hörte ich das Knacken eines Zweiges. Ich fuhr herum und duckte mich hinter dem Mülltonnendeckel. Ich lugte gerade weit genug darüber hinweg, um eine schattenhafte Figur zu erkennen, die mich beobachtete.

Es war Hannah, das Mädchen von nebenan. Sie winkte mir von der anderen Zaunseite zu. »Hab ich dich etwa erschreckt?«, fragte sie herausfordernd.

»*Pfft.* Quatsch«, sagte ich.

Dann wurde mir klar, dass ich immer noch den Deckel der Mülltonne in der Hand hielt.

»Ich dachte bloß. Weil du ungefähr zwei Meter in die Luft gesprungen bist«, sagte sie.

»Ich, äh, ich springe regelmäßig. Um mich fit zu halten.« Wahrscheinlich war dies ein guter Zeitpunkt für einen Themawechsel, bevor sie noch anfing, einen genaueren Blick auf meine Muskeln zu werfen. Oder besser gesagt: auf meine nicht vorhandenen Muskeln. »Ich hab dich heut gar nicht in der Schule gesehen«, sagte ich schnell.

Sie lächelte wieder ihr Katzenlächeln. »Wieso? Hast du nach mir Ausschau gehalten?«

»Nein, ich ...«

»Ich bekomme Hausunterricht.«

»Oh, von deinem Vater?« Ich wusste nicht, was ich dazu sagen sollte. Die Vorstellung, täglich in einen Raum mit Professor Unheimlich gepfercht zu sein ... »Er scheint nett zu sein«, sagte ich. »Irgendwie spannend. Wenn auch etwas angespannt.«

Ich wollte höflich sein, doch sie schaute mich an, als wüsste sie, worauf ich hinauswollte. »Nimm's nicht persönlich. Er mag eigentlich niemanden.«

»Dann hab ich das wohl völlig falsch eingeschätzt«, scherzte ich. »Und ich dachte, die Schwingungen zwischen uns wären echt gut gewesen. Tja …« Ich zerbrach mir den Kopf, um irgendetwas Originelles zu sagen. Ich wollte nicht, dass sie gleich wieder reinging. »Und was ist hier so los? Abgesehen vom Sushi-Mittwoch, natürlich?«

Nicht wirklich originell, aber es funktionierte fürs Erste.

»Da fragst du leider die Falsche«, sagte sie. »Ich wohne hier allein mit meinem Dad. Und ich lass ihn nicht gern allein.«

»Komm schon«, beharrte ich. »Irgendwas Lustiges muss man hier doch machen können. Außer seine Nachbarn zu erschrecken.«

»Also …« Sie machte eine Pause, als würde sie überlegen, ob sie mir vertrauen konnte oder nicht. »Eine Sache mache ich schon gern.« Sie nickte in Richtung Straße. »Komm mit.«

Kapitel 6

Hannah wollte mir nicht verraten, wo wir hingingen, aber ich folgte ihr trotzdem. Die Straße runter, linksrum und dann eine extrem düstere Gasse entlang, die vor einem verwilderten Wäldchen endete.

»Gehen wir irgendwohin, wo du mich ungestört um die Ecke bringen kannst?«, fragte ich spaßeshalber. Na ja, überwiegend spaßeshalber. »Bin bloß neugierig.«

»Lass dich überraschen.« Sie schlüpfte zwischen zwei Bäumen hindurch und verschwand im Schatten.

Ich blieb allein in der einsamen Nacht zurück. »Klar, Zach, folg einfach der Fremden in den Wald«, murmelte ich.

Dann folgte ich der Fremden in den Wald. Ich folgte ihr durch die Bäume, und ich folgte ihr, als sie unter einem rostigen Zaun hindurchkroch. Als ich sah, was sich auf der anderen Seite des Zauns befand, fiel mir die Kinnlade herunter.

Ein Vergnügungspark.

Hannah betätigte eine Art Schalter, der im Unterholz versteckt war, und der ganze Ort fing an zu leuchten wie … nun ja, wie ein Vergnügungspark. Einige der Glühbirnen waren kaputt, und die, die noch funktionierten, flackerten und blitzten. Doch das Licht genügte, um etwas mehr von dem Park erkennen zu lassen. Die Fahrgeschäfte waren alt und rostig, aber man konnte noch sehen, dass die ganze Anlage einmal der absolute Wahnsinn gewesen sein musste.

»Die haben vor Jahren angefangen, den Park zu bauen, aber dann ging ihnen das Geld aus«, erklärte Hannah. »Und jetzt steht das hier einfach rum.«

Ein kompletter Vergnügungspark, den nie jemand benutzt hatte? Das klang, als würde es einer Art Naturgesetz widersprechen. Komplett unmöglich. All diese Fahrgeschäfte, die bloß darauf warten, dass jemand einstieg. All die Geisterbahnen und Gruselkabinette und Labyrinthe, aus denen das Lachen unsichtbarer Kinder hallte.

Ich schüttelte mich, mir lief es plötzlich kalt den Rücken herunter.

Hannah sprang über ein rostiges Drehkreuz und lief direkt auf das Riesenrad zu, bei dem die Hälfte der Sprossen fehlte. Dann fing sie an zu klettern.

»Ich bin ständig hier«, rief sie zu mir runter. »Wovor hast du Angst?«

»Ich hab keine Angst«, widersprach ich. »Ich, ähm, bin mir bloß nicht sicher, wann meine Tetanusimpfung zuletzt aufgefrischt wurde.«

Das Riesenrad war voller rostiger Bolzen und Nägel. Wahrscheinlich bekam man allein schon beim Hingucken Tetanus.

Hannah war bereits das halbe Rad hochgeklettert.

»Was soll's? Das bisschen Wundstarrkrampf wird mich

schon nicht umbringen«, murmelte ich. Dann folgte ich ihr nach oben.

Der Aufstieg war nicht besonders schwierig, aber er dauerte lange, und als wir oben waren, taten mir die Arme weh. Doch das war der Ausblick wert. Das ganze Städtchen lag unter uns wie ein Häufchen beleuchteter Puppenhäuser. Von hier sah es fast nach Zivilisation aus.

»Von hier aus kann man ja alles sehen«, sagte ich voller Staunen. Ich konnte verstehen, weshalb Hannah diesen Ort mochte. Hier oben, dem Himmel so nah, störte mich die Stille gar nicht mehr so sehr. Und ich musste zugeben, dass es doch einen Vorteil hatte, mitten im Nirgendwo zu sein: Man konnte die Sterne sehen.

Ich hatte fast vergessen, wie das war, in den Himmel zu gucken und das Glitzern all dieser unendlich weit entfernten Sonnen zu betrachten. Am liebsten wäre ich für immer dort geblieben.

»Und weshalb seid ihr nach Madison gezogen?«, fragte Hannah.

»Meine Mutter sagte zu mir: ›Zach, wenn du dir einen Platz auf der Welt aussuchen könntest, wo du leben möchtest, wo wäre das?‹, und ich antwortete: ›Lass uns bitte nach Madison in den wunderschönen Staat Delaware ziehen. Das ist mein Traum.‹«

Sie lächelte nicht. »Bist du immer so sarkastisch?«

»Immer? Nein, nicht immer.« Ich dachte darüber nach. »Aber meistens.«

Ich weiß nicht, ob es an dem Ort lag oder an dem Mädchen, aber irgendwie schien es in dieser Nacht in Ordnung zu sein, die Wahrheit zu sagen. Und nicht nur in Ordnung – sogar notwendig.

»Zumindest seit mein Vater letztes Jahr gestorben ist«, fügte ich hinzu. »Insofern … ja.«

»Das tut mir leid«, antwortete sie, und ich hatte das Gefühl, sie verstand alles, was ich sagte, und auch das, was ich nicht sagte. Zum Beispiel, dass es einfacher war, sarkastisch zu sein, als realistisch. Denn wenn man realistisch war, musste man zugeben, wie sehr die Dinge einem wehtaten. Sie schien zu verstehen, dass es besser war, gar nichts zu fühlen, wenn das Einzige, was man fühlen konnte, so überwältigend groß und traurig war.

»Ich denke nicht mehr oft daran.« Das war gelogen und wahrscheinlich wusste sie das. Wir beide taten einfach so, als würden wir es glauben.

»Was ist mit dir?«, fragte ich.

»Meine Mutter habe ich nie kennengelernt«, sagte sie. »Und mein Vater und ich ziehen ständig von einer Stadt in die nächste.«

»Wie ätzend.«

Wir saßen eine Weile nebeneinander, ohne etwas zu sagen, doch es war diese angenehme Art von Schweigen, bei der beide wissen, dass sie an dasselbe denken. Es fühlte sich gut an, nichts erklären zu müssen und auch nicht so tun zu müssen, als wäre alles in Ordnung, wenn in Wirklichkeit nichts in Ordnung war.

Doch natürlich konnten wir nicht für immer und ewig schweigen.

»Hannah, darf ich dich was fragen?«, sagte ich schließlich.

Sie nickte.

»Wie kommen wir wieder hier runter?«

Sie lachte und zeigte mir, wie man sich am besten an den Sprossen herabhangelte.

Irgendwie gelang es uns beiden, dabei nicht zu Tode zu stürzen. Und als ich wieder festen Boden unter den Füßen spürte, gelang es mir, der Versuchung zu widerstehen, niederzuknien, um die Erde zu küssen.

Allein hätte ich in der Dunkelheit niemals zurück nach Hause gefunden, doch Hannah wusste genau, wo es langging.

»Danke für den Abend«, sagte ich, als wir den Zaun erreichten, der unsere beiden Grundstücke voneinander trennte. »Das war die am wenigsten schreckliche Zeit, die ich bis jetzt hier hatte.«

Sie legte die Hand aufs Herz und sagte: »*Ohhhh.*« Dann winkte sie mir zum Abschied und wandte sich zum Reingehen.

Ich hatte keine Ahnung, ob ich jemals wieder die Gelegenheit haben würde, mit ihr zu sprechen. Wäre sie irgendein anderes Mädchen gewesen, hätte ich womöglich den Mut aufgebracht, sie nach einer weiteren Verabredung zu fragen. Aber Hannah schien nicht gerade der Typ Mädchen zu sein, der gerne essen oder ins Kino ging. Was sich gut traf, denn bei mir war es genauso.

»Hey, Hannah«, sagte ich geistesgegenwärtig. »Ich bring den Müll wahrscheinlich immer dienstags und donnerstags raus. Also, wenn dir mal wieder danach ist, dich anzuschleichen, tu dir keinen Zwang an.«

»Werde ich mir merken, Angsthase.« Sie lächelte.

Ich lächelte.

Es sah ganz so aus, als hätten wir einen dieser besonderen Momente.

Da schoss eine Hand aus der Dunkelheit hervor und packte sie an der Schulter.

Hannah zuckte zusammen.

Ich schrie fast los.

Dann erschien das Gesicht ihres Vaters aus dem Schatten. »Wo warst du?«, fuhr er sie an.

»Tut mir leid.« Innerhalb einer Sekunde hatte sie sich in eine komplett andere Person verwandelt, war plötzlich kleinlaut und ängstlich.

Mr Shivers bebte praktisch vor Wut. »Rein. Mit. Dir. *Sofort.*«

Sie ließ den Kopf hängen und schlurfte die Einfahrt rauf. So niedergeschlagen hatte ich selten jemanden gesehen. *Welcher Vater behandelt denn bitte schön so seine Tochter?* Die Frage lag mir auf der Zunge – und es war nicht die einzige.

Doch da lenkte Mr Shivers auch schon seinen wutentbrannten Blick auf mich und ich verlor den Mut. »Ich warne dich zum letzten Mal.« Er brüllte jetzt nicht mehr und in gewisser Weise machte ihn das noch unheimlicher. Der Typ war wie eine Atombombe, die bloß darauf wartete, gezündet zu werden. »Wenn du dich nicht von uns fernhältst, wird ein Unglück geschehen.«

»Das glaube ich Ihnen«, sagte ich, und es entsprach der Wahrheit. Der Typ war mehr als unheimlich. Der Typ war gefährlich.

Ich hatte sogar ein wenig Angst, ihm den Rücken zuzukehren … doch noch mehr Angst hatte ich davor, unter seinem Blick in Flammen aufzugehen, wenn ich stehen blieb.

Also rannte ich ins Haus und hielt erst wieder an, als ich meine Zimmertür hinter mir geschlossen hatte.

Endlich in Sicherheit.

Fürs Erste.

Kapitel 7

Am nächsten Abend rüttelte der Wind an den Fensterläden. Ich versuchte, es auszublenden. Es war nicht der richtige Zeitpunkt, sich vor den abendlichen Geräuschen hier am Ende der Welt zu fürchten – ich musste Mathehausaufgaben machen.

»Was ist X?«, murmelte ich vor mich hin, während ich mit der Bleistiftspitze über die Textaufgabe fuhr. »Moment mal, *wo* ist X?«

Dann war da plötzlich ein Geräusch, das ich nicht ausblenden konnte. Ein Schrei.

Ein lauter Schrei wie aus einem Horrorfilm, der das Blut zum Gefrieren brachte. Ein *Jemand-versucht-gerade-mich-mit-einem-riesigen-Küchenmesser-umzubringen*-Schrei.

Und die Stimme klang wie Hannahs.

Mit einem Satz war ich am Fenster. Im Haus nebenan zuckten hinter den verschlossenen Vorhängen Schatten hin und her. Ich konnte keine genauen Umrisse erkennen, aber es mussten Hannah und ihr Vater sein. Es folgten weitere Geräusche: Glas klirrte. Holz ging zu Bruch. Und dann …

Nichts.

Im Haus der Shivers wurde es auf einen Schlag stockdunkel und mucksmäuschenstill.

»Hannah!«, rief ich, während ich die Treppe hinunterrannte. Ich stürzte aus der Haustür, kletterte über den Zaun und schlug mit der Faust gegen Hannahs Tür, bis sie aufging.

Mr Shivers stand auf der Schwelle und starrte auf mich herab. »Was?«

Ich atmete heftig. Ich war in Panik.

»Ich hab einen Schrei gehört. Ist mit Hannah alles in Ordnung?«

»Hier hat niemand geschrien«, sagte er tonlos. »Gar nichts hast du gehört. Und jetzt verschwinde hier, sonst ist der letzte Schrei, den du hörst, dein eigener.«

Er knallte mir die Tür vor der Nase zu.

Der Typ war unfassbar. Unfassbar unheimlich.

Ich wusste, dass er Hannah irgendetwas angetan hatte. Ich musste ihr unbedingt helfen. Ich rannte zurück in unser Haus und schnurstracks in die Küche.

Meine Mutter blickte von ihrem Laptop auf, als wäre nichts geschehen. Sie nahm die Kopfhörer ab. »Hey Großer, was hältst du davon, wenn wir heute Abend Quinoa essen?«

»Mom, Hannah ist in Gefahr!« Keine Zeit für weitere Erklärungen. Ich schnappte mir das Telefon vom Tisch und wählte den Notruf.

Meine Mutter schaute mich begriffsstutzig an. »Wer ist Hannah?«

Es dauerte eine Ewigkeit, bis in der Notrufzentrale jemand ranging.

Meine Mutter packte mich an den Schultern. »Zach, du machst mir Angst. Was ist los?«

Ich erklärte es dem Mann in der Notrufzentrale – dann erklärte ich es meiner Mom. Wir saßen zusammen am Tisch und warteten auf das Geräusch der Sirenen.

Endlich kam ein Streifenwagen heulend die Straße herunter und bog in die Einfahrt der Shivers ein. Ich rannte raus, um dabei zu sein. Meine Mutter folgte mir dicht auf den Fersen. Ich wusste, sie wollte, dass ich in sicherer Entfernung zum Geschehen blieb.

Auf. Gar. Keinen. Fall.

Zwei Polizisten marschierten auf die Haustür der Shivers zu, und es sah aus, als wollten sie Ernst machen. Diesmal öffnete Mr Shivers direkt beim ersten Klopfen.

»Sie sind verhaftet!«, sagte der männliche Polizist.

Seine Partnerin legte ihm eine Hand auf den Arm. »Immer ruhig mit den jungen Pferden«, sagte sie. »Ihren Enthusiasmus in allen Ehren, aber so weit sind wir noch nicht.« Sie wandte sich Shivers zu. »Mein Name ist Officer Stevens. Das hier ist Polizeischüler Brooks.«

»Entschuldigen Sie bitte«, sagte Polizeischüler Brooks.

Ich konnte nicht glauben, dass sie so freundlich waren. Und so langsam! Zum Aus-der-Haut-Fahren! Wann wollten die denn endlich reingehen und Hannah suchen?

»Wir haben einen Anruf wegen eines möglichen Tatbestands zehn-sechzehn in ihrem Haus bekommen«, sagte Stevens, »was so viel heißt wie …« Sie wandte sich Brooks zu und wartete darauf, dass er den Satz vervollständigte.

»Häusliche Ruhestörung«, sagte der eifrig.

Moment mal, *flirtete* er gerade mit seiner Vorgesetzten?

Sie strahlte und flatterte mit den Wimpern. »Sie lernen wirklich schnell.«

Shivers guckte genauso angewidert, wie ich mich gerade fühlte. »Was meinen Sie mit häuslicher Ruhestörung?«

»Möchten Sie das beantworten, Brooks?«, fragte Stevens.

»Eine häusliche Ruhestörung ist … nun ja … zuerst einmal häuslich, also im Haus, und ähm …«

»Genau so ist es.« Officer Stevens nickte. »Ich würde noch hinzufügen, dass es alles betrifft, was in ihrem Haus schiefläuft. Auf häuslicher Ebene.«

Ich hätte sie am liebsten beide geschüttelt. Lieber noch wollte ich sie zur Seite schubsen und an Shivers vorbei in Haus stürmen, um selbst nach Hannah zu sehen. Aber die beiden waren nun mal Polizisten und Shivers ein Erwachsener, und aus ihrer Sicht war ich nichts weiter als ein Kind.

Also stand ich bloß dort, hielt die Klappe und wartete.

Manchmal ist es so ätzend *nichts weiter als ein Kind* zu sein.

»*Hmmm*«, machte Shivers. Vor den beiden Polizisten spielte er den netten Kerl. Er tat so, als würde er einen Augenblick über die Sache nachdenken. »Ich bin den ganzen Abend hier allein gewesen«, sagte er dann. »Hab nichts gehört.«

Ich konnte nicht länger schweigen, nicht nach dieser Lüge. »Wo ist Hannah?«, rief ich. »Ich weiß, dass sie es war, die geschrien hat!«

Shivers lächelte die Polizisten an. Soweit er dazu im Rahmen seiner emotionalen Möglichkeiten in der Lage war. Es sah noch unheimlicher aus als sein normaler Gesichtsausdruck. Fröhlichkeit stand ihm überhaupt nicht.

»Hannah ist meine Tochter«, sagte er. »Sie hat eine Zeit lang bei mir gewohnt, während ihre Mutter ein paar Dinge mit ihrem neuen Partner geklärt hat. Gestern Nachmittag ist sie nach London zurückgeflogen.«

Schon wieder eine Lüge. Ich wusste, dass er die Unwahrheit sagte, weil Hannah mir doch erzählt hatte, dass sie ihre Mutter gar nicht *kannte*.

Die Frage war also: Weshalb log er?

Und was hatte er mit ihr angestellt?

Kapitel 8

Ein Schrei hallte aus dem Flur hinter Shivers hervor.

Das genügte, damit Stevens und Brooks sich in Bewegung setzten. Endlich!

Meine Mutter und ich folgten den beiden Polizisten ins Innere des Hauses, immer dem Kreischen nach, bis ins Wohnzimmer, wo auf einem Großbildfernseher eine Frau in Schwarz-Weiß vor einem billigen Uralt-Monster floh.

Shivers brachte sie mit der Fernbedienung zum Verstummen.

»3-D-Kinosound«, sagte er. »Ich wusste nicht, dass das jetzt strafbar ist.«

Die Augen von Polizeischüler Brooks weiteten sich. »Den Film kenn ich«, sagte er. »Das Mädchen wird hinterher auch zum Monster.«

»Verraten Sie doch nicht das Ende«, sagte seine Partnerin. »Jetzt haben Sie allen anderen den Spaß verdorben.«

Brooks zuckte mit den Schultern. »Sorry, Anfängerfehler.«

Meine Mutter ging auf die drei zu und streckte Shivers

die Hand entgegen. Ich konnte es kaum fassen. Meine eigene *Mutter* schüttelte diesem Typen die Hand. Obwohl er gerade etwas Schreckliches getan hatte und uns dann auch noch ins Gesicht log!

»Es tut mir furchtbar leid«, sagte sie. »Ich bin Gale Cooper, Ihre neue Nachbarin. Ein wunderschönes Zuhause haben Sie.«

»Ist mir ein Vergnügen«, antwortete Shivers. Es klang fast so, als meinte er es ernst. »Vielen Dank, dass Sie mal vorbeischauen und Ihren bezaubernden Sohn gleich mitgebracht haben. Und die Polizei.«

»Tut mir wirklich leid«, wiederholte sie.

Es machte mich wütend, wie sie sich entschuldigte, als wäre ich derjenige, der etwas falsch gemacht hatte. Hier ging definitiv nicht alles mit rechten Dingen zu, aber das lag an Mr Shivers, nicht an mir. Warum begriffen die anderen das nicht? Er atmete viel zu schnell und fuchtelte mit den Händen, als könne er es gar nicht erwarten, uns wieder loszuwerden. Als hätte er etwas zu verbergen.

»Hannah!«, rief ich.

Shivers blickte aus den Augenwinkeln in Richtung Treppe. Unauffällig und schnell, aber ich bemerkte es trotzdem.

»Hannah!« Ich rannte zur Treppe – zumindest versuchte ich es. Die Polizisten packten mich an den Armen und hielten mich zurück.

»Ruhig, Brauner«, sagte Stevens.

»Soll ich ihm einen Elektroschock verpassen?«, fragte Brooks eifrig. »Bitte lassen Sie mich ihm einen Elektroschock verpassen.«

»Ihre Einsatzbereischaft ist großartig«, sagte Stevens. »Aber warten Sie noch.«

Der Elektroschock blieb mir also erspart, aber sie schleppten mich vor die Tür.

»Kennst du das Strafmaß für den Missbrauch der Notrufnummer?«, fragte mich Officer Stevens.

»Drei Jahre?«, riet Brooks.

»Knapp daneben. Eigentlich bekommt man nur eine schriftliche Verwarnung.«

Ich ignorierte die beiden. »Mom, sag, dass du ihm nicht glaubst. 3-D-Kinosound? Ich bitte dich!«

»Es reicht, Zach!«, antwortete sie mit ihrer *Ich-meine-es-ernst*-Stimme. »Wir gehen jetzt rein.«

Sie war die Mutter und ich das Kind, nicht wahr? Was taten wir also? Reingehen.

Ich tigerte durch die Küche wie ein eingesperrtes Tier. »Mom, Hannah ist in Gefahr, ich weiß es einfach.«

Sie schüttelte den Kopf. »Ich hab dich durchschaut, Zach. Ich bin doch nicht blöd. Wir werden hier nicht wieder wegziehen, weil du angeblich Angst vor unserem Nachbarn hast. Das ist dir doch hoffentlich klar, oder? Du wirst dich dran gewöhnen müssen. Das hier ist jetzt unser neues Zuhause.«

Sie kapierte überhaupt nichts. Außer einem ganz kleinen bisschen vielleicht. Und dieses kleine bisschen wurde plötzlich zu einem riesigen, wütenden bisschen, mit dem ich nicht mehr an mich halten konnte. »Nein, das ist nicht mein Zuhause!«, blaffte ich sie an.

»Zach …«

»Ich hab's wirklich versucht, Mom. Aber ich will hier

nicht wohnen. Du hast micht vor unserem Umzug nicht mal gefragt.«

»Zach, wir mussten weg aus New York.«

»Nein!«, schrie ich. »*Du* musstest weg.«

Die Wahrheit traf uns beide wie ein gigantischer Felsbrocken und zermalmte uns unter sich. Sie sagte gar nichts mehr und auch mir fehlten nun die Worte.

Ich schloss mich in mein Zimmer ein und wenige Minuten später hörte ich unten die Tür zufallen.

Sie war gegangen.

Kapitel 9

Tante Lorraine kam als Babysitterin vorbei, während meine Mutter den Schulball beaufsichtigte. Als ob ich mit *sechzehn* noch eine Babysitterin brauchte! Aber ich konnte nichts dagegen tun.

Genau wie ich nichts dagegen tun konnte, dass Hannah mit diesem Verrückten da drüben in dem Haus eingesperrt war und dass ich hier an diesem Ort festsaß, Hunderte Meilen entfernt von meinem wahren Leben.

Aber es war nicht Tante Lorraines Schuld, also gab ich mir Mühe, nett zu sein. Ich setzte mich sogar zu ihr, während sie eine Jeanshose mit Strass-Steinchen verzierte und mir von ihrem Liebesleben erzählte. Ich hatte ja ohnehin nichts Besseres zu tun.

Trotzdem fiel es mir schwer, zuzuhören.

»... also gingen wir gemeinsam zum Sushi-Mittwoch. Wir aßen beide Chicken Teryaki, wirklich großartig, aber seitdem habe ich nichts mehr von ihm gehört. Nicht, dass es mich wirklich interessieren würde ...«

Während sie weiter und weiter quasselte, konnte ich an

nichts anderes denken als an Hannah. Ich dachte so sehr an sie, dass ich es sogar zuerst für ein Produkt meiner Vorstellungskraft hielt, als ich plötzlich im Obergeschoss des Nachbarhauses ihren Schatten vor dem Fenster sah.

Ich kniff die Augen zusammen. Mehrmals hintereinander.

Nein, kein Produkt meiner Vorstellungskraft: Wirklichkeit. Das war definitiv der Umriss von Shivers – und direkt daneben der von Hannah. Sie war nicht nach London geflogen, sie war hier. Und sie war in Gefahr.

Hatte ich es doch gewusst.

»Also, was meinst du? Will er sich bloß interessant machen?«, fragte mich Tante Lorraine. »Oder – was ich für wahrscheinlicher halte – hat er sein Handy verloren?«

Ich hörte ihr kaum noch zu. »Ich denke, er hat sein Handy verloren«, sagte ich. »Du, Tante Lorraine, mir ist gerade eingefallen, dass ich morgen einen großen Test schreibe. Ich werde den Rest des Abends zum Lernen brauchen.« Ich zog mich zur Treppe zurück, in der Hoffnung, es in mein Zimmer zu schaffen, bevor sie anfing, nachzuhaken oder meine Geschichte infrage zu stellen. »Also stör mich bitte auf keinen Fall, ja? Bis dann.«

Sie kaufte es mir ab. »Okay, dann gute Nacht, Süßer!«

Sobald ich oben war, erledigte ich schnell einen Anruf. Ich kramte meine alte Taschenlampe hervor. Dann öffnete ich so leise wie möglich das Fenster und kletterte hinaus.

Kapitel 10

Ich blieb draußen nicht lange allein. In einem Anzug, der aussah, als würde er seinem Großvater gehören, kam Champ unsere Einfahrt heraufspaziert.

»*Psst*«, zischte ich, so laut es in meinem Versteck neben Shivers' Zaun möglich war. »Hier drüben!«

Champ änderte den Kurs und kam auf mich zu. »Moment mal, wo sind denn die Mädchen?«, fragte er. »Und willst du *das* da zu dem Ball anziehen?« Er war offensichtlich irritiert und ich konnte es ihm nicht verübeln. Womöglich war ich nicht hunderprozentig bei der Wahrheit geblieben, als ich mit ihm telefoniert hatte.

»Runter mit dir«, flüsterte ich.

Er schaute mich an, als wäre ich irre. »Kommt gar nicht infrage! Der Anzug ist nagelneu. Wo sind die Mädchen?«

»Ja, also, was das angeht … das hab ich bloß gesagt, um dich hierherzulocken«, gab ich zu. »Ich brauch deine Hilfe.«

Seine Kinnlade klappte herunter. »Hier sind also gar keine Mädchen?«

»Na ja, eins schon …«

»Alles klar!« Er hielt mir die Hand zum Abklatschen hin. »Du bist mein Mann!«

»... aber sie ist in dem Haus da eingesperrt und ihr Vater ist ein Psychopath.«

Champ dachte einen Augenblick darüber nach. Dann zuckte er die Schultern. »Hat sie einen Freund?«

»Ich mein's ernst«, sagte ich. »Und weil die Polizei mir nicht glaubt, müssen wir in das Haus einbrechen, um sie da rauszuholen.«

Das klang sogar in meinen eigenen Ohren bescheuert.

»Erst erzählst du mir, hier wären Mädchen«, beschwerte sich Champ. »Und jetzt kommst du mir stattdessen mit einem Psychopathen. Und ich stehe hier im Anzug ...«

»Du siehst wirklich erstklassig aus«, sagte ich. Ein bisschen Einschleimen kann niemals schaden.

»Vielen Dank. Aber so hab ich mir den Abend wirklich nicht vorgestellt. Wenn wir Freunde sein wollen, dann erzähl mir keine Märchen mehr von irgenwelchen Mädchen!«

Ich nickte. Abgemacht.

Bevor wir uns darauf die Hand geben konnten, schwang die Haustür auf und Shivers trat ins Freie.

Ich riss Champ runter zu mir ins Gebüsch.

»Das Gras ist nass!«, zischte er.

Wir hockten uns in den Abendtau und sahen Shivers dabei zu, wie er in sein Auto stieg und quietschend aus der Einfahrt rollte.

Das war unsere Gelegenheit: jetzt oder nie.

Ich holte tief Luft. »Los geht's!«

Während ich darauf wartete, dass Champ mir folgte, schaute ich mich ein bisschen um. Die Lage checken, wie es im Film immer heißt. Ich beschloss, dass es für uns unmöglich war, durch die Vordertür reinzukommen. Sie war aus massivem Holz und zusätzlich mit Stahl verstärkt. Es gab mindestens vier verschiedene Schlösser.

Nein, am vielversprechendsten war der Weg durch den Kellereingang, an der Seite des Hauses. Er bestand aus zwei riesigen Holztüren, die mit einem Vorhängeschloss gesichert waren.

Ich zog daran, nur für den Fall … Manche Menschen sind sehr nachlässig mit ihren Schlössern.

Shivers gehörte nicht zu dieser Sorte Mensch.

»Na ja, immerhin haben wir's versucht«, sagte Champ hoffnungsvoll. »Lass uns auf den Ball gehen.«

Ich schüttelte den Kopf. Ich wühlte in meiner Hosentasche und holte eine Büroklammer raus. Ich brach sie entzwei und steckte beide Hälften ins Schloss.

Champ lachte mich aus. »Das funktioniert doch nie.«

Ich ignorierte ihn. Es war alles eine Frage des Fingerspitzengefühls. Wenn ich bloß die richtige Stelle im Schließzylinder fand und mit dem anderen Draht das Schloss drehte, dann, vielleicht …

Jaaaa. Das Schloss sprang auf.

Das Gleiche taten Champs Augen. »Wow«, sagte er. »Wo hast du denn das gelernt? In New York?«

»Auf YouTube.«

Die Tür aufzubekommen, war der einfache Teil der Aufgabe.

Jetzt mussten wir tatsächlich da runterklettern. In die Dunkelheit, tief unter die Erde.

Wer wusste schon, was so ein Typ wie Shivers alles in seinem Keller versteckte? Ich beschloss, Champ eine Auszeit zu gönnen.

»Bleib du hier und behalt die Einfahrt im Blick«, schlug ich vor.

»Hierbleiben? *Allein*?« Beim letzten Wort brach seine Stimme. »Im *Dunklen*?«

»Ja, du stehst Schmiere. Falls Shivers zurückkommt, gibst du mir ein Zeichen.« Ich formte mit den Händen einen Trichter vor meinem Mund und imitierte, so gut ich konnte, einen Vogel. »A-huuu! A-huu!«

Champ nickte feierlich.

Ich musste zugeben, dass es sich gut anfühlte, einen Freund zu haben, der einem den Rücken freihielt.

Zumindest so lange, bis er den Mund aufmachte: »Nur damit wir uns verstehen. Sobald es gefährlich wird, bin ich weg.«

Kapitel 11

Hannah wartet auf dich, sagte ich mir.

Dann schaltete ich die Taschenlampe ein und stieg in den kohlrabenschwarzen Keller. Ich versuchte, nicht darüber nachzudenken, was dort noch alles auf mich warten würde.

Unten war die Luft stickig und staubig. Alles war voller Spinnweben. Hin und wieder krabbelte eins der achtbeinigen Tierchen durch den Lichtkegel der Taschenlampe.

Das hier ist auch nichts anderes als U-Bahn fahren, redete ich mir ein. *Unter der Erde zu sein, ist kein bisschen gruselig, hier gibt's nichts, wovor man sich …*

»*Aaaaaah!*«, schrie ich, als eine flatternde, schwarze Rakete an meinem Kopf vorbeischoss und ein schreckliches Kreischen ausstieß.

Mein Herz pochte wie wild, ich richtete die Taschenlampe auf die Kreatur. »Puh.« Erleichterung. Bloß ein Vogel, und noch nicht einmal ein echter.

Ein hölzerner Kuckuck, der aus einer Kuckucksuhr gesprungen war. Ich sah zu, wie er sich wieder in sein Nest aus Zahnrädern und Getriebefedern zurückzog. Ich holte tief

Luft und wartete, bis mein Herz nicht mehr so heftig gegen den Brustkorb schlug. Dann bewegte ich die Lampe langsam von der Uhr weg und ließ sie durch den Raum wandern.

»*Ohhh!*« Ich hatte einen Fuß bereits zum nächsten Schritt erhoben, als ich erstarrte. Der ganze Kellerboden war mit riesigen Fallen übersät, deren gezackte Metallzähne größer waren als meine Hände.

Ich hatte in meinem Leben schon jede Menge Mausefallen gesehen. Diese Dinger waren definitiv nicht dazu da, etwas von der Größe einer Maus – oder meinetwegen auch einer Ratte – zu fangen. Nein, das mussten Bärenfallen sein.

Welcher Irre legte denn in seinem Keller Bärenfallen aus?

Wie krank musste man sein, um sich einen Bären als Haustier zu halten?

Wo auch immer ich hier reingeraten war – ich dachte ernsthaft darüber nach, schnell wieder zu verschwinden. Doch in dem Moment griff aus der Dunkelheit eine Hand nach meiner Schulter.

Ich unterdrückte den Schrei, der mir auf den Lippen lag, und fuhr herum. Aus der Dunkelheit grinste mir Champ entgegen.

»Was zum Teufel machst du hier, Mann?« Auf keinen Fall würde ich ihm zeigen, wie froh ich war, ihn zu sehen. »Du solltest doch Schmiere stehen.«

»Mach ich auch weiterhin«, sagte er. »Bloß hier drinnen.«

»Soweit ich weiß, sollte man an einem Ort Schmiere stehen, von wo aus man auch etwas sehen kann«, sagte ich.

Es war durchaus hilfreich, so einen Angsthasen dabeizuhaben – das gab einem die Möglichkeit, selbst den Abgebrühten zu spielen.

Champ schien es egal zu sein, ob er abgebrüht wirkte oder nicht. »Ich sag dir mal was, Zacharias. Du kennst doch sicher dies Gerede, dass Jugendliche keine Angst haben, sich wehzutun oder zu sterben und so weiter. Für mich gilt das nicht.« Er klang beinahe stolz. »Ich kam bereits mit der Gabe der Angst auf die Welt. Ich weiß noch, was ich dachte, als mir mit vier Jahren zum ersten Mal jemand Anschwung auf einer Schaukel gab. Ich dachte: *So geht es also mit mir zu Ende.*«

Das erklärte *einiges.*

»Du wirst nicht sterben«, versprach ich. »Jedenfalls nicht heute.«

»Du hast recht, ich übertreibe …« Dann bemerkte er die scharfen Metallzähne, die überall auf dem Boden lagen. »Oh … Bärenfallen.«

Von irgendwo aus dem Haus kam ein Geräusch. Über uns war jemand.

»Los«, sagte ich.

»Einverstanden.«

Ich war bereits die halbe Treppe hinaufgestiegen, als ich begriff, dass Champ in die entgegengesetzte Richtung abhaute.

»Ich geh wieder nach draußen«, sagte er. »Irgendwohin, wo es keine Bärenfallen gibt.«

Ich versuchte gar nicht erst, ihn umzustimmen. Es war ja auch nicht seine Angelegenheit. Trotzdem war ich womöglich ein ganz klein wenig erleichtert, als er seine Meinung änderte und es plötzlich doch für sicherer hielt, mir zu folgen. Und das, obwohl er es schaffte, bis zum oberen Ende der Treppe zweimal in Atemnot zu geraten, weil er mit den Spinnweben in Kontakt kam.

Das Haus war dunkel. Aber nicht leer. Im zweiten Stock quietschte eine Bodendiele.

»Da oben«, flüsterte ich und nickte in Richtung des verzierten Treppengeländers. »Hannah?«, sagte ich, so laut ich mich traute. (Was zugegebenermaßen nicht sehr laut war.)

Keine Antwort.

Also begannen wir hochzusteigen. Die Schatten streckten ihre langen Tentakel nach uns aus. Die Stufen knarrten unter unseren Füßen – wer auch immer da oben war, konnte uns also kommen hören.

Die Dunkelheit fühlte sich schwer an. Erdrückend schwer. Hinter mir hörte ich Champs klappernde Zähne, und ich spürte, wie sich meine Nackenhaare aufrichteten. Wir näherten uns.

Bloß – wem oder was?

Ich blieb vor einem langen, schmalen Flur stehen. Am anderen Ende befand sich eine Flügeltür, aus deren mittlerem Spalt ein wenig Licht sickerte. Die Geräusche, die wir gehört hatten, kamen definitiv von dort.

Ich blickte über meine Schulter zu Champ. Sein Gesicht sah aus wie ein blasser Mond in der Dunkelheit. Er schüttelte heftig den Kopf. Die Botschaft war eindeutig: *Auf keinen Fall. Nicht da rein.*

Ich nickte: *Oh, doch. Los geht's.*

Die Türen ließen sich leicht öffnen und führten in eine

Art Arbeitszimmer. Es stand voll mit großen Holzregalen und einem riesigen Schreibtisch.

Ich ließ den Kegel der Taschenlampe über die Regale wandern – und bereute es augenblicklich. Eine Reihe Schrumpfköpfe starrte mir aus leeren Augen entgegen. *War das alles, was von den letzten Leuten übrig geblieben war, die es gewagt hatten, hier einzubrechen?*

Champ zog an der Schnur der Schreibtischlampe. Das Zimmer wurde in ein warmes, orangefarbenes Licht getaucht. Was es nicht weniger unheimlich machte. Denn nun konnte man alles erkennen, was in den überfüllten Regalen stand – nicht bloß Gläser mit eingemachten Schädeln, sondern auch Eingeborenenmasken mit grässlichen Gesichtsausdrücken, ein riesiger goldener Sarkophag und ein Haufen unförmiger selbst gemachter Puppen, in denen lange Nadeln steckten.

»Bitte sag, dass das keine Voodoo-Puppen sind«, flüsterte Champ schaudernd.

Ein zweites Regal war randvoll mit dicken ledergebundenen Manuskripten, die allesamt mit glänzenden Messingschlössern versehen waren. Die Bücher waren eigentlich nicht merkwürdiger als die Bärenfallen oder die Schrumpfköpfe. Aber irgendetwas an diesen Manuskripten gefiel mir nicht. Ich hatte so ein Gefühl.

Vielleicht lag es daran, dass die Schlösser klapperten. Von allein.

Champ schien davon nichts mitzubekommen. Er hatte bereits ein paar der Manuskripte aus dem Regal gezogen.

»Wow, guck dir das an«, sagte er. »*Um Mitternacht, wenn*

die Vogelscheuche erwacht. Der Geist von nebenan. Die Puppe mit dem starren Blick!«

Ich hatte ihn noch nie so aufgeregt erlebt. Er betrachtete die Bücher voller Andacht. »Das sind die *Gänsehaut*-Manuskripte«, sagte er mit gedämpfter Stimme.

»Du meinst, diese Kinderbücher?«

Champ sah mich an, als hätte ich behauptet, die Erde sei eine Scheibe. »Niemals. *Kinder*bücher helfen beim Einschlafen«, belehrte er mich. »*Diese* Bücher sorgen dafür, dass du die ganze Nacht wach bleibst.« Er drehte eins der Manuskripte um und betrachtete den Autorennamen auf dem Buchrücken. »R. L. Stine. Mann, was ist wohl aus dem Typen geworden?«

Der Name kam mir ebenfalls bekannt vor. Ich hatte das Gefühl, dass ich vor langer Zeit mal eine Geschichte über ihn gehört hatte, aber ich konnte mir jetzt keine Gedanken über einen Kerl machen, der vor einer Million Jahren mal Kinderbücher geschrieben hatte.

»Wer weiß?«, sagte ich. »Eines Tages ist er einfach verschwunden. Wen interessiert's? Los, lass uns weiter.«

Aber Champ ging nirgendwohin. »*Der Schneemensch geht um*.« Er schüttelte erstaunt den Kopf. »Meine Oma hat im gleichen Ort gewohnt, in dem das Buch spielt. Nachdem ich es gelesen hatte, hab ich sie nie mehr besucht.«

»Wir sind nicht hier, um einen Lesekreis zu gründen«, erinnerte ich ihn. Ich verstand nicht, weshalb er so ein Brimborium um ein paar Bücher machte. Wie gruselig konnten die schon sein?

Er zog an dem Buchdeckel und versuchte ihn zu öffnen,

doch das Buch war wie alle anderen fest verschlossen. »Was denkst du, weshalb die verschlossen sind?«, fragte er mich. »Meinst du, du kannst sie knacken?«

Ich hätte es gekonnt, aber das war gar nicht nötig – auf dem untersten Regalboden lag ein goldglänzender Schlüssel. Ich steckte ihn ins Schloss. Er passte perfekt. Der Schlüssel drehte sich und das Schloss sprang auf. »Rätsel gelöst.«

Ich nahm ihm das Buch aus der Hand und stellte es zurück ins Regal. Dann schaltete ich das Licht aus und ging zurück zur Tür. »Lass uns jetzt wieder um das kümmern, weshalb wir …«

Eine schattenhafte Gestalt tauchte hinter Champ auf.

»Duck dich!«, rief ich ihm zu.

Kapitel 12

Ich schubste Champ gerade noch rechtzeitig zur Seite, bevor ihn der Schatten mit einem Baseballschläger erwischte. Der Schläger rauschte genau dort durch die Luft, wo noch eine Sekunde zuvor sein Kopf gewesen war.

Dann erhob unser Feind die Stimme. »Zach?«

Ich machte das Licht an. »Hannah?«

Sie wirkte nicht besonders glücklich, uns zu sehen. »Was macht ihr in meinem Haus?«, fragte sie.

»Äh, ich dachte, du wärst vielleicht … gefesselt?«

»Wie kommst du denn auf die Idee?« Sie versuchte, uns beide in den Flur zu drängen.

War das ihr Ernst? Wie ich auf die Idee kam, dass sie in Schwierigkeiten steckte?

»Hast du schon mal mit deinem Vater gesprochen?«, fragte ich.

Champ ignorierte unsere Unterhaltung und streckte Hannah die Hand hin.

Sie reagierte nicht.

»Ich bin übrigens Champ«, sagte er fröhlich. »Wir gehen heute auf den Ball, falls du mitkommen möchtest und vielleicht noch eine Freundin hast ... sie muss auch nicht hübsch sein.«

Doch Hannah hörte ihm offenbar gar nicht zu. Sie schaute an ihm vorbei, auf das Manuskript, das ich aufgeschlossen hatte.

»Hast du ...« Sie musste schlucken. »Hast du das Schloss geöffnet?«

»Möglicherweise«, gab ich zu. »Ich werd's einfach wieder zurückstellen, und wir tun so, als wäre das alles nicht passiert.«

Ich griff an ihr vorbei nach dem Manuskript. Ich wollte es bloß zurück an den richtigen Platz stellen. Wirklich. Ich wollte es nicht öffnen. Es passierte einfach.

»Nein!«, schrie Hannah. »Mach es nicht auf!«

Ehe ich sie fragen konnte, was daran so schlimm war, blies uns ein orkanartiger Wind entgegen, und wir verloren den Halt.

»Neiiiiin!« Ich stieß einen Schrei aus, während wir rückwärts gegen die Wand stolperten.

Hatte ich mir den Kopf gestoßen? Jedenfalls hatte ich plötzlich Wahnvorstellungen.

Ich *musste* Wahnvorstellungen haben. Denn da stand mit Sicherheit kein viereinhalb Meter großes, zwei Tonnen schweres, behaartes Monster mit riesigen Reißzähnen mitten im Arbeitszimmer. Oder?

»Keine Bewegung«, flüsterte Hannah, während sie das Monster anstarrte. Was ja wohl bedeuten musste, dass sie es auch sehen konnte. Was wiederum hieß: Es war echt.

Champ öffnete den Mund, um zu schreien, aber es kam kein Geräusch raus.

Das ohrenbetäubende Brüllen des Monsters ließ den Fußboden beben. Die Regale wackelten. Manuskripte und Voodoo-Puppen purzelten zu Boden.

Wir wichen vor dem Monster zurück. Und weiter zurück. Und weiter. Bis es nicht mehr ging. Hinter uns war ein riesiges Erkerfenster. Und vor uns?

Ein abscheulicher Schneemensch, der auf uns zupreschte wie ein Güterzug.

»Runter mit euch!«, schrie ich und riss Champ aus dem Weg. Gerade noch rechtzeitig, bevor das Monster ihn rammte.

Im nächsten Moment schoss es stattdessen ungebremst durchs Fenster und flog – in einem Regen aus Tausenden Glassplittern – hinaus in den Garten. Der gigantische Schneemensch landete mit einem dumpfen Aufprall auf dem Rasen und stürmte davon in die Nacht.

Ich starrte das Loch in der Wand an, wo bis eben noch das Fenster gewesen war.

Hannah starrte uns zwei an, als wäre das alles *unsere* Schuld. »Mein Dad wird mich umbringen«, sagte sie. Sie klang eher verwirrt als ängstlich. Dann riss sie mir das Manuskript aus der Hand und rannte nach draußen – vermutlich, um das Monster zu verfolgen.

»Echt blöd, das mit ihrem Dad, aber, ähm, Zach?« Champ stotterte und röchelte, während er um Worte rang. Doch schließlich fand er sie. »*Was zum Teufel war das?*«

Die Antwort lag aus meiner Sicht auf der Hand: Das war

ein viereinhalb Meter großer, abscheulicher Schneemensch, der aus einem Buch direkt in unsere Stadt gesprungen war. Wahrscheinlich suchte er jemanden zum Fressen. Aber aus irgendeinem Grund lief Hannah nicht wie jeder normale Mensch schreiend und kreischend vor ihm davon – sondern *hinterher*.

Was blieb mir anderes übrig, als ihr zu folgen?

Kapitel 13

Ich ging davon aus, dass wir Hannah finden würden, indem wir dem Monster folgten. Und Letzteres erwies sich als nicht sehr schwer. Das Vieh hatte einen Pfad der Verwüstung in der Nachbarschaft hinterlassen – fiepende Autoalarmanlagen, zerstampfte Gartenzäune, zerquetschte Mülltonnen. Hunde flippten aus. Hundebesitzer glotzten entsetzt in der Gegend herum – und Hannah sprang anmutig über einen umgestürzten Baum.

»Hannah! Warte!«

»Geh nach Hause, Zach!«, rief sie mir über die Schulter zu, ohne auch nur ein bisschen langsamer zu werden. »Das ist eine Nummer zu groß für dich.«

Ich rannte schneller und schaffte es, sie einzuholen. Ich joggte neben ihr her. »Würdest du mir vielleicht mal sagen, was hier los ist?«

»Kann ich nicht erklären. Muss weiter.« Dann beschleunigte sie ihren Lauf.

Was noch kein Problem gewesen wäre – wenn sich nicht plötzlich Champ von hinten auf mich gestürzt hätte.

»Lass mich los, Kumpel!«, rief ich.

Als ich ihn endlich abgeschüttelt hatte, war Hannah längst auf und davon.

»Hör mir jetzt genau zu«, sagte Champ. »Das ist der *abscheuliche* Schneemensch! So einen Spitznamen bekommt man nicht durch Zufall. Und gerade eben ist der aus einem Buch gekrochen. So etwas gibt es nicht.«

Ach, tatsächlich?

»Ich muss Hannah einholen«, sagte ich und rannte wieder los, immer den Alarmanlagen und den kläffenden Hunden hinterher.

»Ich hab gelesen, was er in Pasadena angerichtet hat!«, rief Champ mir nach. »Das war nicht witzig, Mann!«

Er machte sich ganz offensichtlich vor Angst in die Hosen, aber eins musste ich dem Kerl zugutehalten: Er weigerte sich, mich im Stich zu lassen.

Zusammen rannten wir durch die menschenleeren Straßen von Madison. Links und rechts die Spuren der Verwüstung. Es sah aus, als wäre ein Tornado über unsere Stadt hinweggefegt. Ein Tornado mit Reißzähnen und mächtig übler Laune.

Wir folgten dem Monster bis zur Eislaufhalle. Natürlich! Wohin sonst, wenn nicht zum kältesten Ort in der Stadt, würde ein Schneemensch auch laufen? Er hatte einen ganzen Zaunabschnitt aus der Verankerung gerissen und das nächstgelegene Fenster zertrümmert. Hannah war bereits da und kletterte ihm hinterher.

Bevor ich ihr folgen konnte, packte Champ mich wieder an der Schulter. »Ich hab drüber nachgedacht«, sagte er. »Ich finde – mal ganz abgesehen von dem Monster –, dass wir Hannah vielleicht ein bisschen mehr Freiraum lassen sollten.«

Ich schüttelte ihn ab – langsam wurde ich richtig gut darin – und schwang mich zu dem Fenster hinauf.

»Mein Dad sagt immer, Frauen brauchen ihren Freiraum!«, rief er mir zu.

Ich zwängte mich durchs Fenster und versuchte, dabei nicht an den Glasscherben hängen zu bleiben.

Die Eislaufhalle war leer – zumindest wirkte sie so. Aber das Monster war definitiv hier gewesen. Umgeworfene Spielautomaten und zerbrochene Sitzbänke lagen auf dem Eis, unter jedem Fußtritt knirschte zerbrochenes Glas. Klauenspuren waren an den Wänden zu sehen – aber kein Schneemensch. Und keine Hannah.

»Wir sollten die Polizei rufen«, sagte Champ leise, während wir auf die Eisfläche zukrochen.

»Hast du schon mal mit der Polizei in dieser Stadt zu tun gehabt?«

»Schon gut«, seufzte Champ.

Ich blieb einen Moment stehen und er rannte direkt in mich hinein. »Wie war das mit dem Freiraum?«, fragte ich.

»Tut mir leid. Mein Fehler.«

Doch sobald wir weiterliefen, spürte ich ihn wieder so dicht hinter mir wie meinen eigenen Schatten.

»Das hier ist mit Sicherheit eins der fünf dümmsten Dinge, die ich bisher in meinem Leben getan habe«, beschwerte er sich.

Und dann sprangen wir beide fast vor Schreck in die Luft,

als wir den Knall einer Explosion hörten. Ich ließ mich auf die Knie fallen und blickte panisch umher. Es dauerte einige Sekunden, bis ich begriff, dass es sich bloß um eine geplatzte Coladose gehandelt hatte, aus der nun die braune Limo spritzte.

Ich richtete mich wieder auf und sah, dass Hannah genau im Zentrum der Eisfläche stand. Sie drehte sich langsam um die eigene Achse und hielt das aufgeschlagene Buch vor sich wie einen Schild. Oder wie eine Waffe.

Champ schnaubte verächtlich. »Was hat sie denn vor? Will sie ihm eine Geschichte vorlesen?«

Wir schlitterten und rutschten zu ihr rüber. Alle paar Schritte brachen unsere Füße in irgendeine Richtung aus. Mein Atem bildete vor dem Mund kleine Wölkchen und meine Zehenspitzen waren im Nullkommanichts taub. Es war *kalt*: ganz eindeutig das richtige Revier für den abscheulichen Schneemenschen. Also, wo war er?

Erneut wirkte Hannah nicht sonderlich erfreut, uns zu sehen. Langsam bekam ich den Eindruck, dass sie womöglich nicht gerade der Typ Mädchen war, der gerne gerettet werden wollte.

»Was geht hier vor?«, fragte ich sie. »Wie kann so ein Vieh einfach aus einem Buch herausspringen?«

»*Psst!*«, zischte sie. »Es ist hier drinnen.«

Ach, tatsächlich?, dachte ich.

»Wir sollten eine Pistole besorgen«, schlug Champ vor.

»Eine Pistole? Wir brauchen einen Panzer!«, sagte ich.

»Moment mal, er besteht doch aus Schnee!«, rief Champ aufgeregt.

»Einen Flammenwerfer?«

»Einen Sack Salz!«

»*Psst!*«, machte Hannah erneut. »Man kann ihn nicht töten.«

Das waren nicht gerade die besten Neuigkeiten.

Mitten in die darauffolgende, unheilvolle Stille hinein fiel etwas aufs Eis und verursachte ein winziges *Pling*. Ich ging vorsichtig auf die Knie und hob es auf.

»Ein M&M?«

Eine weitere Schokolinse fiel aufs Eis. Und noch eine. Plötzlich regnete es M&Ms. Und Snickers. Und Erdnussbutterriegel.

Champ schnappte sich einen. »Äh … Leute!«, sagte er und deutete nach oben.

Unsere Blicke folgten seinem Finger – und wir sahen, wie ein ganzer Süßigkeitenautomat direkt auf uns zugeflogen kam!

Kapitel 14

»*Vorsiiiiicht!*«

Wir sprangen in drei verschiedene Richtungen auseinander und schlitterten über die Eisfläche, als der riesige Automat auch schon einschlug.

Gefolgt von dem gigantischen Schneemenschen, der mit einem lauten *Krach* obendrauf landete. Sofort fing er an, den Süßigkeitenhaufen zu durchwühlen, als würde er nach einem Schatz buddeln.

Ich war wie hypnotisiert von dem Vieh. Es war … so groß … so mächtig … so *schneemenschenhaft*.

»Kommt«, sagte ich, nachdem ich mich aus der Erstarrung gelöst hatte. »Er ist abgelenkt.«

Hannah bewegte sich nicht.

Also packte ich sie an einem Arm, Champ sie am anderen, und wir zogen sie fort.

»Ihr kapiert das nicht!«, protestierte sie. »Man kann ihn nur aufhalten, indem man ihn zurück ins Buch saugt.«

»Okay, Planänderung«, schlug Champ vor, während er sich weiter so schnell wie möglich von der Kreatur entfernte.

»Wir lassen das Buch einfach offen liegen, rennen weg, und der Rest erledigt sich von selbst.«

»Nein!« Hannah löste sich aus unserer Umklammerung. »Ich bin nicht nah genug dran!«

Mit einem lauten Klick öffnete sie das Schloss des Manuskripts.

Mit einem *zu lauten* Klick. Der Schneemensch drehte sich nach uns um. Beim Anblick des Buchs fing er an zu knurren.

Dann kam er auf uns zu.

Hannah wich nicht zurück. Sie hielt ihm das Buch entgegen und erwiderte den grimmigen Blick des Schneemenschen.

»Was macht sie da?«, schrie Champ.

»Wart's ab«, sagte Hannah mit ruhiger Stimme.

»Hannah, mach das Buch auf!«, drängte ich sie.

Das Monster stampfte näher und näher.

»Noch nicht«, murmelte Hannah. »Noch nicht ... immer noch nicht ... *jetzt!*«

Sie schlug das Buch auf. Wieder entstand innerhalb von Sekunden ein heftiger Sturm. Diesmal war es jedoch ein Wirbelwind, der alles ins Buch hineinsaugte.

Ja. Ja. Es funktionierte. Es zog die Kreatur zu sich heran ...

Doch dann hob das Monster einen seiner riesigen, behaarten, stahlträgergroßen Arme und schlug ihr das Buch aus den Händen. Es flog quer über die Eisfläche.

Hannah rannte dem Buch hinterher und das Monster rannte Hannah hinterher. Es schlug seine Faust wie einen

Dampfhammer aufs Eis. Die ganze Fläche bebte so heftig, dass Hannah das Gleichgewicht verlor und stolperte.

Jetzt konnte niemand mehr das Monster davon abhalten, das Buch in die Finger zu bekommen – niemand außer mir.

Ich entdeckte einen Stapel Hockeyschläger und schnappte mir den nächstbesten. Dann schlitterte ich auf das Buch zu. ZACK! Ich schoss es so schnell übers Eis, wie ich konnte. Der Schneemensch sprang ihm hinterher, aber verfing sich dabei in einem Tornetz.

Während das Monster versuchte, sich aus dem Netz zu befreien, half ich Hannah auf, und wir rannten gemeinsam zu dem Buch.

»Leute!«, rief Champ.

Wir drehten uns um. Champ saß hinter dem Steuer eines Eisbearbeitungsfahrzeugs. Der Motor heulte auf.

»Gute Idee!«, rief ich zurück.

Und dann begann das Fahrzeug, sich übers Eis zu bewegen – mit der Geschwindigkeit einer Schildkröte.

»Doch keine gute Idee«, verbesserte ich mich, während der Schneemensch das Hockeytor abschüttelte und auf die Maschine zugetrampelt kam. »Runter da!«

Champ ging gerade noch rechtzeitig von Bord, ehe die behaarte Faust des Schneemenschen das Fahrzeug mit einem Schlag zermalmte.

Champ taumelte vom Eis auf die Strafbank hinter der Seitenlinie. Der Schneemensch brüllte und wandte sich wieder Hannah und mir zu.

»Lauf!«, schrie ich.

Diesmal hörte sie auf mich. Wir schlitterten übers Eis

und versuchten, uns dabei nicht umzuschauen. Aber das war auch gar nicht nötig, um zu wissen, dass das Monster uns auf den Fersen war. Ich spürte seinen heißen, fauligen Atem in meinem Nacken.

»Hier rüber!«, rief Champ und winkte uns von der Strafbank aus wild zu.

Der Schneemensch kam immer näher. Es gab keine Möglichkeit, ihn abzuhängen. Außer vielleicht …

Ich zog kräftig an Hannahs Arm und wir gingen beide zu Boden. Unser eigener Schwung trug uns auf dem Bauch übers Eis, genau zur Strafbank und durch die Öffnung der dicken Plexiglastür. Dahinter waren wir in Sicherheit.

Sekunden später rauschte der Schneemensch auf uns zu – und schlug mit dem Kopf voll gegen die Scheibe. Er gab ein ohrenbetäubendes Brüllen von sich – und wurde ohnmächtig.

Na, jetzt bist du nicht mehr so abscheulich, was?, dachte ich.

Wir waren gerettet … für ungefähr fünf Sekunden. Dann wachte der Schneemensch wieder auf.

»*AAAAAAAAH!*«, brüllte er.

»*AAAAAAAAH!*«, schrien wir.

Das Monster schlug mit der Faust gegen das Plexiglas, das seiner unwahrscheinlichen Kraft wenig entgegenzusetzen hatte. Winzige Risse zogen sich wie ein Spinnennetz durch die Scheibe. Es war bloß eine Frage der Zeit, bis sie ganz nachgab. Und wir konnten nirgendwo mehr hin.

»*Stopp!*«, donnerte eine Stimme durch die Halle.

Es war Shivers.

Shivers, der im Zentrum der Eisfläche stand und das Buch weit geöffnet hielt. Aus den Seiten strudelte mit einem gewaltigen Sauggeräusch ein Wirbelwind hervor, der den Schneemenschen zu sich heranzog. Das Monster schlug die Krallen ins Eis, im verzweifelten Kampf gegen den Sog, doch es half nichts.

Ungläubig sah ich dabei zu. Je näher die Kreatur dem Buch kam, desto verschwommener wurden ihre Konturen, beinahe als würde sie schmelzen … zu *Tinte*? Fell und Reißzähne verloren ihre Form und lösten sich zu Buchstaben auf, die zurück auf die Seiten strudelten.

Und dann war er einfach verschwunden.

Shivers knallte das Buch zu.

Jeder Muskel in meinem Körper entspannte sich. Mir entfuhr ein lauter, langer Seufzer. Ich war noch nie so erleichtert gewesen.

Zumindest, bis ich die Blicke sah, die Shivers uns zuwarf. Da wünschte ich mir fast, ich könnte ihn wieder gegen den abscheulichen Schneemenschen eintauschen.

»Alle ins Auto«, knurrte er mit mörderischer Stimme. »*Sofort.*«

Kapitel 15

Auf dem Rücksitz von Shivers Großraumjeep kam ich mir vor wie ein Sechsjähriger, der darauf wartet, ausgeschimpft zu werden. Neben mir fuchtelte Champ nervös mit den Händen. Hannah saß vorne auf dem Beifahrersitz und versuchte wahrscheinlich gerade, sich vorzustellen, sie wäre irgendwo anders – Hauptsache, nicht hier.

Ich versuchte es definitiv.

Shivers ließ uns lange warten. Der Typ wusste, wie man Spannung aufbaut.

Es war Champ, der schließlich den Mut aufbrachte, nachzufragen. »Was machen Sie jetzt mit uns?«

Shivers antwortete, ohne den Blick von der Straße abzuwenden. »Ruhe!«

Champ lehnte sich zu mir rüber. »Wir dürfen keine Fragen stellen?«, flüsterte er so laut, dass es alle hören konnten. »Das ist ja fast wie …«

In dem Moment explodierte Shivers.

»Dad, sie wollten uns doch bloß helfen.« Es waren Hannahs erste Worte, seit wir die Eishalle verlassen hatten.

Er knallte seine Faust aufs Lenkrad, und ich fragte mich, ob wir dieses Gespräch nicht besser verschieben sollten, bis er nicht mehr das Auto steuern musste. Oder, besser noch, bis in alle Ewigkeit.

Shivers und meine Blicke trafen sich im Rückspiegel. »Hab ich dir nicht gesagt, dass etwas Schlimmes passieren würde, wenn du dich nicht von uns fernhältst? Das ist das Problem mit der Jugend von heute – sie hört einfach nicht zu.« Er schüttelte den Kopf. »Warum musstet ihr euch ausgerechnet *Der Schneemensch geht um* aussuchen? Hättet ihr nicht *Hühnerzauber* nehmen können?«

Langsam begann alles einen Sinn zu ergeben. Plötzlich erschien alles ziemlich logisch – nun ja, abgesehen von der Sache mit den Monstern, die aus den Büchern sprangen –, aber ansonsten.

»Sie sind *er*, nicht wahr?«, sagte ich. »Sie sind R. L. Stine.«

Seine Antwort kam ohne ein Wimpernzucken. »Ich weiß nicht einmal, wer das sein soll.«

Doch ich hatte nicht vor, ihn damit durchkommen zu lassen. Nicht nach allem, was wir wegen ihm und seinem dämlichen Monster durchgemacht hatten. »Na ja, umso besser«, sagte ich. »Seine Bücher sind ohnehin *erbärmlich.*«

»Wessen Bücher?«, fragte Champ verwirrt.

Hannah warf mir einen Seitenblick zu und machte mit dem Finger am Hals eine *Hör-bloß-damit-auf*-Geste.

Doch ich war meinem Ziel bereits zu nah, um aufzuhören. Ich tat dasselbe wie sie vorhin – ich versuchte, das Monster mit seinen eigenen Büchern zu besiegen. »Schwer zu sagen, welches ich am schlechtesten fand«, überlegte ich und musste mir dabei das Grinsen verkneifen. »*Monsterblut* oder *Endstation Gruseln*?«

Hannah sank in ihren Sitz zurück und gab es auf, mich davon abzubringen.

»Jetzt kapier ich gar nichts mehr«, sagte Champ.

Aber Shivers – ich meine, *Stine* – wusste genau, wovon ich sprach. »Ich meine, man kann das Ende immer schon auf einen Kilometer Entfernung kommen sehen«, sagte ich. »Man denkt sich jedes Mal bloß, *Gib's auf, Alter, du wirst niemals Stephen King.*«

Bingo. Stine stieg voll in die Eisen. Der Wagen kam mit quietschenden Reifen zum Stehen. Er schoss in seinem Sitz herum und fixierte mich mit einem seiner Mörderblicke. Aber er konnte mir keine Angst mehr einjagen.

Nun ja, zumindest nicht mehr so viel wie früher.

»Wer bist du, dass du es wagst über Stephen King zu reden?«, blaffte er mich an. »Ich …«

»Dad, beruhig dich bitte.«

Er nuschelte etwas vor sich hin, was ich nicht verstehen konnte. Dann zuckte er die Schultern und nahm den Fuß von der Bremse. Der Wagen setzte sich wieder in Bewegung – diesmal deutlich zu schnell.

»Dad?«, sagte Hannah. »Dein Gesicht wird wieder so rot.«

Doch das brachte ihn nur dazu, das Gaspedal noch weiter durchzutreten. Seine Finger umkrallten das Lenkrad so fest, dass sie an den Knöcheln weiß wurden.

Und schließlich begriff auch Champ, was Sache war. »Das ist nicht wahr«, sagte er und warf sich in seinen Sitz. »Sie sind R. L. Stine? Sie? Sie sind berühmt! Wirklich? *Echt*?«

Champ drehte fast durch. Er hüpfte so heftig auf seinem Platz auf und ab, dass er beinahe mit dem Kopf gegen die Decke stieß. »R. L. Stine! Oh Mann! Ich frag so was sonst nie jemanden, aber dürfte ich vielleicht ein Foto für mein Facebook-Profil machen?« Ohne eine Antwort abzuwarten, zückte er sein Handy und hielt es Stine vors Gesicht. Er schob seinen Kopf daneben und grinste.

Der Blitz blendete nicht nur mich. Stine verlor fast die Kontrolle über den Wagen. »Was zum Teufel machst du da!«, brüllte er, während er wieder auf die richtige Fahrspur lenkte.

»Tut mir leid«, sagte Champ, aber er klang nicht so, als ob es ihm wirklich leidtäte. Und er sah auch definitiv nicht so aus. »Wollte bloß ein Foto machen«, fügte er hinzu.

»Oh, darf ich es mal sehen?«, fragte Stine, plötzlich ganz freundlich.

Champ gab ihm das Handy.

Stine warf es einfach aus dem Fenster.

Ende der Unterhaltung.

Die Fahrt zurück zu unserem Haus dauerte ewig. Schließlich bog Stine doch noch in unsere Einfahrt und wir stiegen alle aus.

»Und was nun?«, fragte ich ihn.

Seine Augenbrauen zogen sich zu einem fiesen V zusammen. »Du gehst da rein, ziehst dir deinen Pyjama an, schnappst dir deine Kuscheldecke und machst Bubu – und morgen früh wirst du denken, du hättest das alles bloß geträumt.«

Für einen Kinderbuchautor schien er wirklich ein gewaltiges Problem mit Kindern zu haben.

Er scheuchte Hannah ins Haus, ehe wir Auf Wiedersehen sagen konnten … also folgten wir den beiden einfach. Stine war so sauer, dass er es nicht einmal bemerkte.

»Geh nach oben und pack deine Sachen!«, schrie er Hannah an. »Wir müssen hier verschwinden, bevor die Leute anfangen, Fragen zu stellen.« Er marschierte quer durchs Zimmer zu dem großen Flachbildfernseher und nahm ihn von der Wand. Dahinter befand sich ein riesiges Loch im Putz, und Stine griff hinein, um einen Koffer hervorzuholen.

Hannah blieb auf der Treppe stehen und sah mich und Champ auf der Türschwelle. Sie holte tief Luft. »Ich will nicht von hier weg«, sagte sie zu ihrem Vater.

Ich hatte das Gefühl, es war das erste Mal in ihrem Leben, dass sie es wagte, ihm zu widersprechen.

»Mir gefällt's hier«, sagte sie ruhig.

Seine Stimme wurde sanfter. »Süße, du musst das verstehen …«

»Ich muss gar nichts verstehen!«, schrie sie. »Ich will einfach nur einmal im Leben normal sein!«

Stine ignorierte ihren Zorn komplett. Er starrte auf den Fußboden und zählte seine Schritte, als würde er einer Schatzkarte folgen. Und vielleicht tat er das sogar, denn als er kräftig auf eine der Dielen stampfte, klappte diese hoch. Darunter befand sich ein Stapel Kreditkarten, Ausweise und jede Menge Bargeld.

»Wir sind aber keine normale Familie«, sagte er zu Hannah, während er die Karten durchblätterte. »Und jetzt pack deine Sachen.«

Ich stand in der Tür und hoffte im Stillen darauf, dass sie mehr Widerstand leistete. Doch stattdessen ging sie zum Kamin und griff in den Rauchabzug. Sie holte eine Sporttasche hervor.

Hatten die beiden noch nie was von Schränken gehört?

»Ich hab die Schnauze so voll davon«, motzte Hannah.

Stine knurrte etwas schwer Verständliches. Es klang wie: »Teenager.«

Wenn Hannah ihn nicht überzeugen konnte, vielleicht sollte ich es mal versuchen. Ich ging ein paar Schritte ins Haus hinein.

Ein paar ziemlich laute Schritte offenbar. Stine bemerkte die Geräusche, schnappte sich einen Kerzenständer und schleuderte diesen direkt auf meinen Kopf zu.

Kapitel 16

Oder, besser gesagt, zwei Meter an meinem Kopf vorbei.

»Ich hätte dich umbringen können«, sagte er, als er mich erkannte.

Ich schaute die Delle in der Wand an und lachte. »Zum Glück sind Sie ein miserabler Werfer.«

»Was machst du immer noch hier?«, fragte er. Sein Ton ließ jedoch darauf schließen, dass ihm die Antwort herzlich egal war. »Geh nach Hause!«

»Nein.« Selbst wenn es Hannah nur im Paket mit einem schrecklichen Monster und einem noch schrecklicheren Vater gab, war ich nicht bereit, sie für immer gehen zu lassen. Außerdem erwartete ich noch ein paar Antworten. »Nicht, bevor Sie mir nicht erklärt haben, was hier vor sich geht«, sagte ich.

»Das kann ich nicht erklären.«

»Wir wurden beinahe von Frosty dem Schneemann gefressen!«, schrie ich. »Also … versuchen Sie's.«

Es grenzte an ein Wunder, aber er versuchte es tatsächlich. »Okay, hör zu. Als ich noch klein war, litt ich schreck-

Zach Cooper ist nicht gerade begeistert, dass er mit seiner Mutter in die öde Kleinstadt Madison ziehen muss …

… bis er seine süße Nachbarin Hannah kennenlernt.

Hannah zeigt Zach ihren Lieblingsplatz, einen verlassenen Vergnügungspark.

Mr Shivers, Hannahs Dad, ist nicht besonders nett – und außerdem stinksauer.

In der Schule findet Zach einen neuen Freund: Champ.

Weil er überzeugt ist, dass Hannah in Gefahr schwebt, alarmiert Zach die Polizei.

Die Beamten können nichts Verdächtiges finden, deshalb ermitteln Zach und Champ auf eigene Faust.

Hannah geht es gut – doch versehentlich befreien die Freunde ein Monster aus Shivers' Büchern!

Die drei verfolgen den abscheulichen Schneemenschen bis zur Eishalle.

Shivers eilt ihnen zu Hilfe und fängt das Monster ein. Er ist kein Geringerer als R. L. Stine, Autor der *Gänsehaut*-Bücher!

Leider hat Stines gruseligste Schöpfung, die Puppe Slappy, in der Zwischenzeit noch mehr Monster freigelassen.

Jetzt muss ein wirklich guter Plan her.

Wird es den Freunden gelingen, all die Kreaturen wieder einzufangen?

lich unter meinen Allergien und musste ständig zu Hause hocken«, sagte er, während er seine Brille höher auf die Nase schob.

Ich strengte mich an, mir eine jüngere, streberhaftere Ausgabe von Stine vorzustellen. Aber das war das Problem mit Erwachsenen – es war unmöglich, in ihnen etwas anderes zu sehen als alte Menschen.

»Die anderen Kinder warfen Steine gegen mein Fenster und beschimpften mich«, fuhr er fort. »Also erfand ich mir meine eigenen Freunde – Monster, Dämonen und Gespenster, die die ganze Stadt und alle Kinder, die sich je über mich lustig gemacht hatten, in Angst und Schrecken versetzen sollten.«

Aha, *das* klang doch schon eher nach dem Stine, den ich kennen- und fürchten gelernt hatte.

»Für mich waren sie Wirklichkeit«, sagte er. »Und dann wurden sie eines Tages … tatsächlich Wirklichkeit. Meine Monster sprangen buchstäblich aus den Büchern heraus! Solange die Seiten verschlossen bleiben, sind wir in Sicherheit. Aber wenn sie geöffnet werden … na, ihr habt ja gerade selbst gesehen, was dann los ist.«

Es klang von vorne bis hinten komplett unglaublich. Aber nach dem, was ich gerade miterlebt hatte, blieb mir keine andere Wahl: Ich musste es glauben.

»Ich bin allergisch gegen Hausstaubmilben«, sagte Champ plötzlich.

»Wie bitte?«

»Ich sagte bloß, dass ich auch Allergiker bin. Ich kann das total nachvollziehen.«

Es schien Stine seine ganze Kraft gekostet zu haben, die eigene Geschichte zu erzählen. Er blaffte Champ nicht einmal mehr an, dass er die Klappe halten sollte. »Ich hab euch schon viel zu viel erzählt«, sagte er stattdessen niedergeschlagen. »Komm, Hannah.«

Dann marschierte er die Treppe hinauf, ohne abzuwarten, ob sie ihm folgte oder nicht.

Natürlich tat sie es.

Und Champ und ich folgten ihr. Bis in das Zimmer ganz am Ende des dunklen Flurs: Stines Arbeitszimmer, wo alles angefangen hatte.

»Hannah, du nimmst A bis M«, befahl Stine. Er fing an, Bücher aus dem Regal zu ziehen. »Ich nehme N bis Z. Und halt die menschenfressende Pflanze von den glupschäugigen Aliens fern. Du weißt wie ...« Mitten im Satz, die Hand noch an einem der Buchrücken, hielt er inne. »Moment mal, eins der Manuskripte fehlt!«

Es war nicht gerade die Aufgabe des Jahrhunderts, herauszufinden, um welches es sich handelte. Ich zeigte auf *Die Puppe mit dem starren Blick*, das mitten auf dem Fußboden lag.

Doch erst als Stine es in die Hand nahm und sein Gesicht zu einer Maske aus purer Panik zerschmolz, begriff ich, dass das Schloss aufgebrochen war. »Nein«, flüsterte er. »Nicht er ...«

Ich wusste, dass das Buch von einer Bauchrednerpuppe handelte. Es fiel mir schwer, mir den Kopf über eine alberne Holzpuppe zu zerbrechen, nachdem wir gerade den abscheulichen Schneemenschen besiegt hatten.

In dem Moment ertönte das Gelächter. Ein hohes, fast kindliches Gelächter, das durchs ganze Haus hallte.

Der schwarze Lederstuhl vor Stines Schreibtisch drehte sich zu uns herum.

»Nein!«, schrie Stine. »Nein! Bitte nicht!«

Kapitel 17

»Hallo Papa.«

Klar, es war nur eine Puppe. Aber was für eine!

Sie war nicht einmal einen Meter groß, doch von den unergründlichen, schwarzen Augen bis hin zum fiesen Grinsen strahlte sie pure Boshaftigkeit aus. Sie hatte dichte schwarze Augenbrauen und eine schwarze Haartolle über der Stirn. Genau wie Stine.

»Wie lange ist es her, dass wir uns zum letzten Mal gesehen haben?«, fragte die Puppe. Ihre Kiefer klapperten bei jedem Wort.

»Nicht lange genug«, murmelte Stine.

»Mir kam's wie eine Ewigkeit vor«, krächzte die Puppe. »Wie heißen denn deine neuen Freunde?«

Champ und ich entfernten uns beide unwillkürlich einen Schritt von Stine.

»Wir sind keine Freunde«, sagte ich schnell.

»Wir kennen uns so gut wie gar nicht«, fügte Champ hinzu.

Stine lächelte die Puppe hölzern an. »Slappy, ähm, schön dich zu sehen.«

»Hast du mich vermisst?«, fragte die Puppe.

»Natürlich hab ich dich vermisst! Fast so sehr wie meine Erkältung von letzter Woche.«

Ein Blitz flammte auf und blendete uns alle eine Sekunde lang. Als meine Augen sich wieder an die Dunkelheit gewöhnt hatten, hockte Slappy auf der Kante von Stines Schreibtisch. In seiner Hand baumelte der Schlüssel für die Manuskripte.

»Jetzt kann ich euch besser sehen«, sagte die Puppe. »Also, was hast du vor, Kumpel? Bestimmt hast du mich rausgelassen, um ein bisschen Spaß zu haben. Wollen wir die Einheimischen terrorisieren? Die Stadt in Schutt und Asche legen? Worauf warten wir noch?«

Stine schnappte sich *Die Puppe mit dem starren Blick* und schlich *seeeeehr* langsam auf Slappy zu. »Genau, Slappy«, sagte er, während er das Manuskript hinter seinem Rücken hielt. »Richtig geraten. Ich will Madison zerstören. Und ohne deine Hilfe schaffe ich das nicht.«

»Ach, das ist zu viel der Ehre. Ich bekomm ja gleich – wie heißt das noch? – eine Gänsehaut!«

Die Puppe kicherte. Es klang wie das Quietschen von Kreide auf einer Schultafel.

»Oh Gott, er ist ja so was von unheimlich«, flüsterte Champ. Die Untertreibung des Jahrhunderts.

»Ich brech zusammen vor Lachen«, sagte Stine, während er sich Slappy näherte. »Ich würde dich auch gerne zum Zusammenbrechen bringen. Und dich dann im Kamin verheizen.«

»Sehr witzig«, sagte die Holzpuppe. »Erinnere mich später

noch mal dran, darüber zu lachen. Hast du da einen großen Pickel auf dem Hals? Oder ist das dein Gesicht?«

Ich hielt die Luft an. Bloß ein paar Schritte noch …

»So ein cleveres Dummerchen«, murmelte Stine. Seine buschigen Augenbrauen drehten sich in eine zornige Position.

»Wen nennst du hier Dummerchen, *Dummerchen*?«, antwortete Slappy. Seine Augen hefteten sich auf das Manuskript. Seine Stimme sprang noch eine Tonlage höher. »Du willst mich wieder einfangen?«

Stine lachte ein nicht sehr überzeugendes Lachen. »Sei nicht albern, Slappy. Dein Besuch hat doch gerade erst begonnen. Bleib schön, wo du bist.« Er öffnete das Buch.

»Weißt du, woran ich erkenne, dass du lügst, Papa?«, fragte die Puppe. »Daran, dass du den Mund aufmachst.«

Plötzlich ging die Deckenlampe aus und es wurde stockdunkel.

Einen Augenblick später machte Slappy ein Streichholz an.

Formulieren wir es mal so: Das Flackern einer Flamme unter seinem Gesicht ließ den Kerl nicht gerade weniger unheimlich erscheinen.

Slappy saß am Rande des zerbrochenen Fensters. Irgendwie war es ihm gelungen, das Manuskript der *Puppe mit dem starren Blick* in die Finger zu bekommen. »Ich geh nicht zurück ins Bücherregal«, krächzte er. »*Nie. Wieder.*«

Er wedelte das Manuskript durch die Luft. »Ich liebe gute Geschichten«, sagte er. »Ein gutes Buch wie dieses hier kann in den Herzen der Leser ein Feuer entfachen.«

»Warte, Slappy, tu's nicht!«, schrie Stine, während Slappy die Flamme unter das Manuskript hielt. Es fing an zu brennen.

Slappy warf das brennende Buch aus dem Fenster.

»Ich glaube, es ist an der Zeit, dass ich mal die Fäden der Erzählung in der Hand halte!«, gackerte er. »Heute Nacht wird die beste Story deines Lebens. *Alle* deine Kinder dürfen rauskommen und spielen. Zu schade, dass du nicht mehr am Leben sein wirst, um die Geschichte zu lesen!«

Kapitel 18

Ein erneuter Blitz vor dem Fenster erschreckte mich so sehr, dass ich aufschrie. Es folgte ein Donnerkrachen. Ich blinzelte in die plötzliche Dunkelheit.

Als das Licht wieder anging, war Slappy verschwunden.

»Oh Gott.« Champ atmete aus. »Er ist abgehauen.«

»Oh Gott, er ist abgehauen«, sagte Stine, doch bei ihm klang es nicht so erleichtert.

Dann bemerkten wir, wo Stine hinstarrte – und verstanden den Grund seiner Besorgnis.

»Er hat alle Bücher mitgenommen!«, rief Hannah.

Wir rannten die Treppe runter, in der Hoffnung, Slappy noch zu erwischen. Schließlich war er trotz allem bloß eine dreikäsehohe Puppe. Wie schnell konnte er schon sein?

Offenbar schnell genug.

Stine blieb an der Tür stehen und vergrub seinen Kopf in den Händen. »Gratulation. Du hast gerade eine grausame, zerstörerische, fiese, geniale Bauchrednerpuppe mit einem ernsthaften Napoleon-Komplex freigelassen.«

Ich brauchte eine Sekunde, um zu begreifen, dass er mich

damit meinte. Und eine weitere Sekunde, um zornig zu werden.

»Fürs Protokoll: Ich habe nur ein Buch geöffnet«, erinnerte ich ihn. »Und ich hätte nicht einmal das getan, wenn mir jemand vernünftig erklärt hätte, was Sache ist, anstatt mir einen Haufen vage Drohungen an den Kopf zu werfen!«

»Der Schneemensch hat ein paar Bücher runtergeschmissen, als er weggelaufen ist«, sagte Hannah. »Dabei muss das Schloss aufgegangen sein.«

Ich sendete ein geräuschloses *Dankeschön* in ihre Richtung – auch wenn ihre Worte keinen großen Einfluss auf Stines Meinung hatten.

»Ich geb ihm trotzdem die Schuld«, sagte er und zeigte mit dem Finger auf mich. »Ich mag dich nicht, Junge.«

Nie zuvor in der Geschichte der Menschheit beruhte ein Gefühl so sehr auf Gegenseitigkeit.

Stine versuchte nach draußen zu stürmen, doch die Tür ging nicht auf. Was den Effekt ziemlich ruinierte. »Die ist von außen abgeschlossen«, sagte er.

Das war … nicht gut.

Ich probierte es an einem der Fenster – ebenfalls ohne Erfolg. »Verriegelt.«

In der Dunkelheit flatterte etwas an uns vorbei. Ein gewaltiger Schatten erschien an der Wand hinter uns.

Ich beschloss, in meinem ganzen Leben niemals wieder ein Buch zu öffnen.

»Durch die Küchentür«, drängte uns Stine. »Jetzt. Sofort!«

Vor dem Hinterausgang blieben wir wie angewurzelt stehen. Die Küchentür hatte eine kleine Hundeklappe und diese schwang auf. Davor stand ein kleiner Mann im Elfenkostüm.

Häh? Moment mal. Mir dämmerte, dass ich gerade einen Gartenzwerg anstarrte. Ich begann beinahe zu lachen. Die ganze Panik … wegen eines Gartenzwergs?

Nicht einmal Champ fürchtete sich. Er ging auf ihn zu. »Der gehört mir«, verkündete er.

Doch bevor er den Zwerg aus dem Haus werfen konnte, sprang der Geschirrspüler auf, und in der hervortretenden Dampfwolke standen zwei weitere Zwerge.

Champ reihte sich wieder zwischen uns ein. »Ähm, ich dachte, es wäre nur einer.«

Plötzlich tauchten die hässlichen, kleinen Wesen überall auf. Eins kam aus dem Mülleimer, eins lugte hinter der Schranktür hervor, fünf hüpften aus der Schublade, und ich war mir ziemlich sicher, dass ich auch unter der Spüle ein Paar der blinzelnden Knopfaugen entdeckt hatte.

Ehe wir uns versahen, waren wir komplett umzingelt.

Na und?, dachte ich. *Wo liegt das Problem?* Wir waren umzingelt, aber *bloß von Porzellanzwergen.*

»Wovor habt ihr alle Angst?«, fragte ich. »Vielleicht sind sie ja freundlich.«

Im selben Moment schoss ein Messer an meinem Kopf vorbei und blieb in der Wand stecken. Der Zwerg, der mir am nächsten war, zückte bereist ein zweites Messer. Seine Augen waren glühend rot und ich sah das grausame, kalte Lächeln in seinem bärtigen Gesicht.

»Okay, nicht freundlich«, sagte ich. »Definitiv nicht freundlich!«

Einer der Zwerge warf sich auf Stine, schlang die kleinen Armen um Stines Kopf und riss an dessen Ohren. Ein zweiter heftete sich an Stines Hüften.

»Ahhhh!« Stine schlug nach ihnen, jedoch ohne Erfolg. »Holt sie von mir runter!«, brüllte er.

Ich schnappte mir eine Bratpfanne und schlug damit nach dem Zwerg in Stines Gesicht – just in dem Augenblick, als Champ den anderen mit einem Nudelholz erwischte.

Die Zwerge gingen zu Boden. Das war die gute Nachricht.

Die schlechte war: Stine ging ebenfalls zu Boden. Er schrie vor Schmerzen.

Ups.

Ehe Stine wieder auf die Beine kommen konnte, hatte eine Gruppe Zwerge einen Gartenschlauch reingeschleppt und angefangen, ihn Stine um die Beine zu wickeln. Eine Truppe packte ihn an den Knöcheln und schleppte ihn in Richtung Backofen. Ein Paar winzige Hände drehte den Knopf auf 250 Grad. Stine wand sich und schrie.

Champ und ich kämpften uns zu ihm vor.

Hannah schnappte sich einen Zwerg und stopfte ihn mit dem Gesicht zuerst in den Müllschlucker. Porzellanscherben flogen durch die Küche.

»Autsch!«, sagte ich. »Das tat weh.« Ich griff nach einem Wischmopp.

»Äh, Zach, ich glaube wir können später sauber machen«, sagte Champ.

Doch ich schwang den Mopp bereits wie einen Golfschläger und zertrümmerte jeden Porzellanschädel, den ich erwischen konnte.

Champ krabbelte durch meine Beine und versuchte, Stine zu entfesseln. Ich zerschmetterte den nächsten Zwerg und suchte nach weiteren Kandidaten – aber es waren keine mehr da. Wir hatten sie alle zerschlagen!

»Sieg über die Gartenzwerge!«, krähte Champ. »Und das ...« Er deutete auf seinen Anzug. »... mit Stil. Designerware. Fünfzig Prozent reduziert.«

Ich holte ein paar Mal tief Luft und versuchte, die Tatsache in meinen Kopf reinzubekommen, dass wir alle noch ganz waren.

Stine umarmte Hannah. Hannah umarmte mich. Ich umarmte Champ. Und als Champ daraufhin den Schriftsteller umarmte, beschwerte dieser sich nicht einmal.

Wahrscheinlich waren wir alle etwas erfolgstrunken. Zumindest so lange, bis wir die knirschenden Geräusche unter uns hörten – die Geräusche von wieder zum Leben erwachendem Porzellan.

Zuerst nur langsam, dann immer schneller und schneller rutschten die Scherben aufeinander zu wie Magnete und setzten sich wieder zu Zwergen zusammen.

Sie waren voller Risse und Macken – und sie waren wütend.

»*Neiiiin*«, stöhnte Champ. »Nein, nein, neinneinnein!«

Kapitel 19

»Wir müssen hier raus!«, sagte ich, obwohl das ja ziemlich offensichtlich war. »Wir müssen durch den Keller.«

»Der ist abgeschlossen«, sagte Stine.

Ähm …

»Ich hab das Schloss aufgebrochen«, gab ich zu.

»Das ist Vandalismus, junger Mann.«

Ich lief bereits zur Kellertür. »Schicken Sie mir die Rechnung!«, rief ich über die Schulter.

Die Zwerge jagten uns hinterher, während wir in den Keller flüchteten und uns auf dem Weg nach unten beinahe gegenseitig über den Haufen rannten.

»Vorsicht mit den Bärenfallen!«, schrie Stine gerade noch rechtzeitig.

Wir hopsten zwischen den Fallen hindurch. Die Zwergenschar trampelte die Treppe herunter. Sie schienen noch mehr geworden zu sein. Aber im Gegensatz zu uns wussten sie nichts von den Fallen.

Ein Zwerg nach dem anderen trat zwischen die Eisengebisse und explodierte in einer Wolke aus Porzellanscherben.

Das würde sie nicht aufhalten, wie wir inzwischen wussten – aber es gab uns genügend Vorsprung, um abzuhauen.

Hofften wir.

Wir rasten die Stufen hinauf und preschten durch die Kellertür ins Freie. Nach Luft schnappend, schlug Stine die Tür zu und verriegelte das Vorhängeschloss.

Ich hätte mir gerne einen Spruch über seinen schlechten Fitnesszustand erlaubt – wenn ich nicht selbst so außer Atem gewesen wäre.

So standen wir alle im Garten, füllten unsere Lungen mit Sauerstoff und überlegten, was wir als Nächstes tun sollten.

»Warum haben Sie keine Bücher über Regenbögen und Einhörner geschrieben?«, fragte ich Stine, als ich wieder in der Lage war, zu sprechen.

»Weil man davon keine vierhundert Millionen Exemplare verkauft!«

»Allein in den USA?«, fragte Champ.

Stine blickte zur Seite. »Nein, weltweit. Ist trotzdem eine Menge. Und jetzt halt die Klappe.«

Vom Mond war nur eine schmale Sichel zu sehen und der Schneemensch hatte alle Straßenlaternen umgestürzt. Trotzdem konnte ich die Gesichter der anderen deutlich erkennen. Was daran lag, dass die Luft um uns herum von Millionen kleinen Lichtern nur so schwirrte. Sie sahen aus wie Glühwürmchen. In jeder anderen Nacht wäre es ein wunderbarer Anblick gewesen. Aber heute? Es konnte nur bedeuten, dass schon wieder etwas schiefzugehen drohte.

Wir folgten der glühenden Wolke zu ihrem Ursprung – einem schwelenden Haufen ledergebundener Manuskripte.

Stine entgleisten die Gesichtszüge.

»Er verbrennt die Bücher«, sagte Hannah.

Ich verstand nur Bahnhof. »Warum tut er das?«

»Damit wir die Monster nicht wieder einfangen können«, sagte Stine mit einer Stimme, als bedeute dies das Ende der Welt.

Und in Anbetracht all dieser Bücher – und all der Monster, die darin vorkamen – war es das vielleicht ja auch.

»Das ist Slappys Rache«, sagte Stine. Dann lächelte er für einen Augenblick. »*Slappys Rache* – hey! Das ist ein guter Buchtitel.«

Tief über sein Fahrrad gebeugt, strampelte der Mann gegen den Wind an. Er hörte das Auto nicht, das sich von hinten näherte … erst als es so nah war, dass er die Abgase riechen konnte, bemerkte er es. Die Scheinwerfer erleuchteten die Straße. Der Motor heult auf.

»Fahr weiter!«, rief der Mann und winkte mit dem Arm. »Radfahrer haben auch Rechte!«

Das Autor wurde aber nicht schneller. Es überholte auch nicht. Es blieb weiter dicht hinter ihm und blendete auf.

Der Mann schaute über die Schulter in das Fernlicht des Wagens und war für einen Moment beinahe blind. Er hob die Faust. »Ich bin Anwalt und werde sie verklagen!«

Das Auto machte einen abrupten Schlenker und drängte ihn in den Straßengraben. Der Radfahrer blieb still und reglos liegen.

Im Inneren des Wagens hielten hölzerne Hände das Lenkrad fest. Hölzerne Zähne klapperten aufeinander.

Slappy lachte. »Tut mir leid, mein Fehler. Ich sollte eines Tages

Fahrstunden nehmen! Aber – was soll's? Meine Beine sind sowieso zu kurz, um ans Bremspedal zu kommen! HA-HA-HA!«

Slappy fuhr weiter. Er mochte diese Stadt. Er hatte hier noch Großes vor.

Das Seitenfenster öffnete sich und eine brennende Manuskriptseite flog heraus. Die Flammen zogen einen glühenden Schleier durch die Nacht.

Die Straße war einsam und verlassen. Niemand sah, wie aus der Buchseite grüne Pflanzenarme herausrankten, deren Ränder mit messerscharfen, menschenfressenden Zähnen besetzt waren.

Die Ranken wuchsen mit atemberaubender Geschwindigkeit. Bald kletterten sie an Handymasten empor und bahnten sich ihren Weg durch die ganze Stadt. Langsam, aber sicher schnitten sie ganz Madison vom Rest der Welt ab – und von jeder Rettungsmöglichkeit außerhalb.

Slappy fuhr weiter. Manuskriptseiten verbrannten und Feuerbälle tanzten über den Highway. Jede einzelne Seite ließ ein weiteres schreckliches Monster auf die arglose Stadt los.

In der Ferne ertönte der Schrei einer Frau. Slappy kicherte. Er würde in dieser Nacht noch eine Menge zu lachen haben. Es würden noch eine Menge köstlicher Schreie ertönen.

Slappy war gerade erst am Anfang.

Kapitel 20

Auf der Suche nach Slappy fuhren wir durch die ganze Stadt. Doch wir fanden ihn nirgends. Alles, was wir fanden, waren Chaos und Verwüstung. Qualmende Ruinen. Schreiende Menschen. Die Stadt sah aus wie ein Kriegsschauplatz.

Ich versuchte, meine Mutter oder Tante Lorraine anzurufen. Oder sonst wen. Es war sinnlos.

»Ich bekomm keinen Empfang«, berichtete ich, nachdem auch beim zehnten Versuch kein Freizeichen zu hören war.

»Slappy schaltet alle Handymasten aus«, sagte Stine. »Das würde ich an seiner Stelle zumindest tun.«

Stine schien nicht im Geringsten beunruhigt darüber zu sein, dass seine Gedanken sich im Einklang mit denen einer kriminellen, geisteskranken Puppe befanden.

»Er schneidet uns von der Außenwelt ab«, fuhr er fort. »Er will uns isolieren.«

Plötzlich hörten wir einen dumpfen Aufprall auf der Motorhaube.

»Was war das?«, fragte Champ mit zitternder Stimme.

Wir starrten durch die Windschutzscheibe in die Dunkelheit.

Nichts.

Eine Sekunde später erschienen zwei Handabdrücke auf der Scheibe.

Stine musste schlucken. »Das ist der unsichtbare Freund! Er ist gemeingefährlich!«

Wer auch immer das da draußen war – er kletterte aufs Autodach. Wir konnten ihn da oben herumspringen hören.

Dann schnellte Champs Kopf nach hinten, als hätte jemand ihm durchs offene Fenster eine Ohrfeige verpasst. »Aua!«, jaulte er.

Plötzlich wurde er an seiner Krawatte aus dem Sitz gerissen. Sein Kopf wurde von einem Schlag nach dem anderen hin und her geschleudert. Er fuchtelte sinnlos in der Luft herum. Ich hätte mich kaputtlachen können – wäre es nicht so furchteinflößend gewesen.

»Hilfe!«, schrie er, während er weiterhin ins Leere schlug. »Helft mir!«

Stine stieg in die Eisen, und wer auch immer draußen am Auto hing – er landete hart und mit einem lauten Stöhnen im Gras am Fahrbahnrand.

»Ich glaube, wir sind in Sicherheit«, sagte Stine, bevor er wieder kräftig aufs Gaspedal trat. Besser kein Risiko eingehen.

Über uns erklang ein dumpfes Geräusch.

Dann noch eins.

»Bestimmt irgendwelche Trümmerteile, die von oben runterkommen«, mutmaßte Stine.

»Bestimmt«, pflichtete Hannah ihm bei.

»Garantiert nicht der unsichtbare Kerl«, sagte Champ.

Ehe wir uns weitere Sorgen über die Geräusche auf dem Dach machen konnten, die womöglich – aber hoffentlich nicht – vom unsichtbaren Freund stammten, der uns die Köpfe abreißen wollte, kamen wir auf dem Platz in der Stadtmitte an. Stine stoppte den Wagen.

Hannah stand der Mund offen. »Was zum …«

»Hannah, achte auf deine Ausdrucksweise«, sagte Stine mechanisch, obwohl man sehen konnte, dass er dasselbe dachte.

Wir alle dachten es.

Die ganze Hauptstraße war ein einziges Schlachtfeld. Heruntergerissene Telefonleitungen zischten auf dem Beton. Zertrümmerte Straßenlaternen waren in den verücktesten Winkeln über die verlassene Fahrbahn gebogen. Hydranten spuckten Wasserfontänen in die Höhe. Jemand oder etwas hatte ein riesiges Stück aus der Statue des Stadtgründers herausgebissen.

Allerdings war der Platz nicht menschenleer … nicht ganz. Ein knappes Dutzend Leute stand quer über den Platz verteilt herum, doch keiner von ihnen bewegte sich. Nicht einmal ein bisschen. Nicht einmal, um zu atmen.

Irgendjemand oder irgendetwas hatte sie in Statuen verwandelt.

Champ sprang aus dem Wagen und raste zu einer der erstarrten Gestalten. »Oh Gott, Dad! Dad! Was haben die mit dir … oh.« Er lachte auf und klopfte dem erstarrten Mann auf die Schulter. »Ups. Das ist gar nicht mein Dad.«

Ich fragte mich, ob die Leute tot oder lebendig waren. Ob sie uns aus ihren erschrockenen, erstarrten Augen anflehten, etwas zu unternehmen.

»Was sollen wir bloß tun?«, fragte Hannah, während sie die Hand nach einer der Frauen ausstreckte. Sie hielt erst inne, als ihr Finger bereits fast die erstarrte Träne auf der Wange der Frau berührte.

Ich hatte mich noch nie so hilflos gefühlt.

Und Stine musste es noch viel schlechter gehen. Er war immerhin derjenige, der all die Monster mit seinen Worten zum Leben erweckt hatte. Was auch immer sie taten – für ihn musste es sich anfühlen, als sei es allein seine Schuld. Er seufzte. »Ohne die Manuskripte kann ich nichts ausrichten.«

Plötzlich hatte ich eine Idee. »Wenn Sie die Monster vom Papier in die Wirklichkeit geschrieben haben, vielleicht funktioniert es dann auch umgekehrt.«

Er schüttelte den Kopf. »Weißt du, wie viele Geschichten ich schreiben müsste, um jedes Monster einzufangen, das ich jemals erschaffen habe? Ich hab sowieso schon ein Karpaltunnel-Syndrom in beiden Handgelenken – und mein Nacken erst!«

Er kapierte es nicht. »Bloß eine«, erklärte ich. »Eine Geschichte, in der sie alle eingefangen werden!«

»Ach, bloß eine?«, sagte er, und seine Stimme triefte vor Sarkasmus. »Eine Geschichte, in der jede Kreatur vorkommt, die ich jemals erschaffen habe? Toller Plan!«

»Haben Sie eine bessere Idee?« Ich wartete auf einen Vorschlag.

Aber er hatte ganz offensichtlich keinen – genau wie die

anderen. Das hieß also, entweder wir probierten es mit meinem Plan, oder wir gaben auf und warteten, bis wir von einem fleischfressenden Frosch verspeist wurden. Oder was Stine und Slappy sonst noch so parat hatten.

Schließlich traf ich die Entscheidung für ihn. Für uns alle.

»Wir müssen Sie zu einem Computer bringen, damit Sie anfangen können zu schreiben. Kommt, wir brechen in dieses Computergeschäft ein.«

Champ sah begeistert aus, angesichts der Möglichkeit, so viel glänzende, neue Technik in die Finger zu bekommen.

Doch Stine schüttelte erneut den Kopf. »Nein, ich brauche meine Schreibmaschine. All meine Geschichten wurden auf einer Smith Corona geschrieben! Diese Schreibmaschine ist etwas Besonderes. Sie hat eine Seele. Wenn ich auf etwas anderem schreibe, wird das überhaupt nichts bewirken.«

Zumindest war er jetzt mit von der Partie. Hatten wir möglicherweise den Ansatz eines echten Plans?

»Wo ist die Schreibmaschine?«, fragte ich aufgebracht.

»Keine Sorge«, beruhigte mich Stine. »Sie ist an einem sicheren Ort.«

Das einzige Problem war: In dieser Nacht gab es keine sicheren Orte.

Kapitel 21

Wie sich herausstellte, stand die Schreibmaschine in einem Schaukasten in der Highschool. Offenbar gingen wir schließlich doch noch auf den Ball.

Was für mich inzwischen okay war – wenn die Monster die Stadt in Schutt und Asche legten, musste ich ja sichergehen, dass mit meiner Mom alles in Ordnung war.

Wir eilten zur Schule. Keiner von uns war in der Stimmung, ein Pläuschchen zu halten. Es ist gar nicht so leicht, Small Talk zu betreiben, wenn eine Horde Monster die Stadt in ihre Einzelteile zerlegt und du zu den wenigen Leuten gehörst, die sie mit viel Glück vielleicht aufhalten können – aber dabei womöglich auch draufgehst.

Über Letzteres versuchte ich nicht allzu viel nachzudenken, deshalb beschloss ich, die Stimmung etwas zu heben.

»Also, Hannah«, sagte ich ganz beiläufig.

Sie drehte sich im Beifahrersitz um und erwartete höchstwahrscheinlich, dass ich etwas Erderschütterndes oder zumindest Monsterbezogenes zu sagen hatte.

»Ich weiß ja nicht, was du heute noch so vorhast, aber wir könnten zusammen auf diesen Ball gehen.«

Es war nur ein kleines Lächeln, aber es war ein Lächeln. »*Hmmm* ... da muss ich erst mal in meinen Kalender gucken.

Plötzlich erschien zwischen uns eine Hand – eine dicke, schwielige Hand, die extrem Stine-mäßig aussah. Er schwenkte sie zwischen uns auf und ab, bis Hannah wieder nach vorn guckte.

Stine löste seine Aufmerksamkeit gerade lange genug von der Fahrbahn, um mir einen bösen Blick zuzuwerfen. »Hör auf, mit meiner Tochter zu sprechen, oder ich sperr dich in den Kofferraum. Glaub nicht –«

»Vorsicht!« Champ zeigte auf zwei Personen, die mitten auf der Straße standen – direkt vor unserem Wagen.

Stine riss das Steuer heftig nach links, aber es war zu spät. Wir fuhren voll in sie hinein ... und durch sie hindurch, gegen einen Telefonmast.

Wir schrien, während das Metall quietschte und krachte. Die Motorhaube unseres Wagens wickelte sich um den Mast.

Die Leute, denen wir hatten ausweichen wollen, glühten durchsichtig im Mondschein.

Geister.

»Alle in Ordnung?«, fragte Stine.

Behutsam überprüfte ich meine Arme und Beine. Sie waren zittrig und wacklig, aber alle noch in einem Stück.

Zu schade, dass wir das von unserem Fahrzeug nicht behaupten konnten.

»Was macht denn ein Telefonmast mitten auf der Straße?«, beschwerte ich mich.

»Ähm …« Champ deutete nach oben, durch das Schiebedach. »Ich glaub, das ist kein Telefonmast.«

Wir schauten hoch. Und höher. Und höher. Der Mast erstreckte sich mindestens zehn Meter in den Himmel.

Und Champ hatte recht: Es war nicht im Geringsten ein Mast.

Es war ein Bein.

Ein Bein, das an einem riesigen Insektenkörper hing. Am Körper einer achtzehn Meter großen Gottesanbeterin!

Kapitel 22

Die Gottesanbeterin beugte ihren Kopf zu uns herunter. Ihr Maul war weit geöffnet.

»Ich kann mich nicht daran erinnern, dass ich über eine riesige Gottesanbeterin geschrieben habe«, grübelte Stine.

Wir übrigen drei brüllten uns währenddessen die Seele aus dem Leib.

Die Heuschrecke spuckte einen grünen Schleimbrocken von der Größe eines Elefanten aus. Heuschreckenschleim verkleisterte unsere Windschutzscheibe und wir wurden von Dunkelheit eingehüllt.

Von draußen konnten wir ein urzeitliches Zischen hören, tief und knisternd, wie von einem Spiegelei in der größten Bratpfanne der Welt.

»Ah ja.« Stine nickte bestimmt. »Jetzt erinnere ich mich wieder.«

»Bringen Sie uns von hier weg«, schlug ich vor. »Jetzt!«

Er stellte die Scheibenwischer an. Das konnte doch nicht sein Ernst sein!

»Was machen Sie da?«, kreischte ich.

»Wenn ich nichts sehen kann, kann ich nicht fahren.«

Während der Scheibenwischer grünen Schleim hin und her schmierte, legte Stine erst den Rückwärts-, dann den Vorwärtsgang ein.

Wir fuhren vor der Gottesanbeterin davon. Wir hörten, wie sie hinter uns über den Beton stampfte. Die Straße gab unter ihrem gewaltigen Gewicht nach. Stine kurvte zwischen ihren gigantischen Beinen vor und zurück.

»Sie haben sich alle gegen mich verschworen!«, beschwerte er sich. »Das ist wie mit Frankensteins Monster!«

»Sie ist über uns!«, schrie Hannah, als die Heuschrecke erneut zischte.

Heuschreckenschleim regnete in dicken Tropfen aufs Schiebedach.

»Und hinter uns!«, schrie ich, als ein weiteres Bein, nur Zentimeter vom Kofferaum entfernt, aufstampfte.

»Sie ist überall!«, flüsterte Champ voller Verzweiflung.

»Haltet jetzt sofort die Klappe oder ihr könnt alle zu Fuß gehen!«, warnte uns Stine.

Doch anstatt rechts ranzufahren, gab er Vollgas, steuerte den Wagen über einen Bordstein und auf einen Supermarktparkplatz. Er fuhr schneller und schneller, bis wir in einen parkenden Wagen krachten. Ohne meinen Sicherheitsgurt wäre ich durch die Windschutzscheibe geflogen.

Airbags explodierten vor unseren Köpfen und das Auto füllte sich mit Qualm. Wir kletterten raus, so schnell wir konnten, denn die Heuschrecke näherte sich schon wieder.

»Hier rein!«, schrie Hannah.

Wir sprangen gerade noch durch die Tür in den Supermarkt, bevor die Heuschrecke den Wagen an der Motorhaube packte und das Dach abriss. Sie quietschte vor Enttäuschung, als sie sah, dass wir nicht mehr drin waren. Dann warf sie den Wagen quer über den Parkplatz.

Ich schloss die Augen und duckte mich hinters Kassenband. Ich dachte: *Das hätten gerade wir gewesen sein können.*

»Warum mussten Sie sich bloß etwas derart Bizarres ausdenken?«, jammerte Champ. »Warum, Stine?«

»Ist wahrscheinlich einfach eine Marotte von mir.« Er klang beinahe stolz.

Die Heuschrecke sprang auf das umgekippte Auto und stampfte es platt wie einen Pfannkuchen.

»Mein schöner Wagen!«, schrie Stine. Das Auto schien ihm mehr Sorgen zu machen als all die bisherige Zerstörung an diesem Abend. »Er hatte erst so wenige Kilometer auf dem Tacho.«

Die Heuschrecke hatte offenbar eine Vorliebe für Autos – und glücklicherweise war der Parkplatz voll davon. Sie hüpfte von Wagen zu Wagen und hatte Spaß daran, sie durch die Luft zu wirbeln und platt zu quetschen.

Womöglich spielte sie einfach damit.

Oder sie war auf der Suche nach uns.

Kapitel 23

Im Supermarkt brannte Licht und die Berieselungsmusik dröhnte auf voller Lautstärke. Aber ansonsten war der Laden komplett verlassen. Jeder, der etwas gesunden Menschenverstand besaß, war wahrscheinlich längst zu Hause und versteckte sich unter seinem Bett.

»Wie weit ist es von hier bis zur Highschool?«, fragte ich.

»Nicht weit«, sagte Hannah. »Wir können die Abkürzung über den Friedhof nehmen.«

Über den *Friedhof*? »Machst du Witze?«, fragte ich.

Sie zuckte mit den Schultern. »Die Highschool ist direkt hinter dem Wald.«

Stine sah sie scharf an. »Woher weißt du das?«, fragte er.

Hannah sah aus, als hätte sie gerade etwas gesagt, was sie gar nicht hatte sagen wollen. »Manchmal fällt mir einfach die Decke auf den Kopf«, sagte sie. »Dann geh ich los und erkunde die Umgebung.«

»Wann?«

»Nachts«, gab sie zu. »Wenn du ins Bett gegangen bist.«

Es schien eigentlich keine große Sache zu sein, besonders

nicht nach allem, was heute passiert war. Aber für Stine war es das offenbar doch.

»Du bekommst Hausarrest!«, schrie er.

»Das ist unfair!«, schrie Hannah zurück.

Ich verdrehte die Augen. »Ähm, ihr zwei habt wirklich tolle Argumente, aber können wir vielleicht weitergehen, während ihr euch streitet?«

Da wir schon mal im Supermarkt waren, hielt ich es für klug, direkt ein bisschen Proviant mitzunehmen. Stine schnappte sich eine Tüte Chips. Champ starrte an einem Turm aus Limoflaschen empor.

»Hey, könnten Sie mir vielleicht einen Dollar leihen?«, fragte er Stine.

»Wie bitte? Nein. Weshalb?«

»Ich hab Riesendurst! Ich brauche eine Limo.«

Stine seufzte. »Nimm dir einfach eine. Das hier ist ein Notfall, dafür wird jeder Verständnis haben.«

»Im Ernst?« Man konnte Champ ansehen, wie er die Möglichkeiten im Kopf abwägte.

»Einerseits will ich eine Coke. Vielleicht aber auch eine Gatorade …«

Stine schnappte sich eine Pepsi aus dem Regal und warf sie Champ zu. »*Hier*, um Gottes willen!«

Hannah kicherte und ging zu den Müsliriegeln rüber. Ich folgte ihr.

»Ich hatte ja gar keine Ahnung«, sagte ich mit einem Lächeln auf den Lippen. »Hier ist viel mehr los als in New York.«

Ich meine, klar, wir versteckten uns in einem Supermarkt

vor einer riesigen Gottesanbeterin, die nur darauf wartete unsere Schädel zu zerquetschen. Und wir würden gleich über einen Friedhof schleichen. Aber hatten wir in der Zwischenzeit nicht auch so etwas Ähnliches wie ein Date?

Hannah blieb stehen, drehte sich zu mir um und strich mir – ganz sanft – eine Strähne aus der Stirn. Meine Haut glühte unter ihren Fingern.

»Was ist?«, sagte ich leise.

Ich wollte sie auf keinen Fall verschrecken oder den Augenblick kaputt machen. Ich war noch nie zuvor einem Mädchen so nah gewesen.

»Du hast dich geschnitten«, sagte sie und verschwand kurz, um nach Verbandszeug zu suchen.

»Ist es schlimm?«, fragte ich, während sie mit einem Wattebausch meine Stirn abtupfte. Das Brennen des Desinfektionsmittels trieb mir Tränen in die Augen, aber ich blinzelte sie weg. Sie sollte auf keinen Fall denken, dass ich wegen so einer kleinen Wunde anfing, zu *heulen.*

»Ja, sehr schlimm.«

»Ist mein Gesicht verunstaltet?«, fragte ich und versuchte dabei, nicht panisch zu klingen.

»Total«, grinste sie. »Es sieht genau so aus wie vorher.«

Zugegeben, es war nicht gerade das traditionellste Date der Welt, aber da saßen wir nun mal: allein in einer Supermarktregalreihe, im Licht der Neonröhren, die wie Kerzen flackerten, und beim romantischen Klang der Berieselungsmusik.

Ihr Gesicht war meinem so nah und im Hintergrund hörte man etwas knurren und auf einem Knochen herumkauen …

Moment mal.

Hannah sah mich an. Ich sah sie an. Dann drehten wir uns beide in Richtung der Fleischwarenabteilung.

Dort hockte ein riesiger, zotteliger Werwolf, der dabei war, einen Rippenbraten abzunagen!

Stine und Champ kamen dazu, als der Werwolf die Rippen gerade wegwarf und anfing, sich über ein blutiges Steak herzumachen.

Champ stand der Mund offen, aber ich presste den Finger auf die Lippen. Wenn wir *ganz* leise waren und uns *ganz* langsam davonschlichen, hätten wir vielleicht eine Chance, davonzukommen, bevor der Wolf unser superfrisches Fleisch witterte.

Champ nickte verständnisvoll. Dann öffnete er den Verschluss seiner Pepsi.

Zischhhhhhh!

Der Werwolf drehte den Kopf nach uns um.

Wir rannten los.

Champ und Hannah rasten auf die Gerfrierwarenabteilung zu. Ich lief in Richtung des Haustierbedarfs, und Stine folgte mir – blieb dann aber vor dem Regal für Körperhygiene stehen.

»Das ist der Werwolf aus den Fiebersümpfen. Er kann mich riechen«, erklärte er, während er sich mit Deo einsprühte.

Es half nichts. Ich hatte mich bereits in eine Hundehütte aus Pappe gezwängt, als ich Stine winseln hörte. Der Wolf kam direkt auf ihn zu.

Ich dachte gar nicht groß darüber nach – ich kroch aus

der Papphütte raus, schnappte mir ein Gummisteak aus dem nächsten Regal und winkte dem Wolf damit zu.

»Hier, Hündchen«, rief ich. Dann warf ich das Steak, so weit ich konnte.

Jaaaaa! Der Werwolf kläffte glücklich und rannte dem Gummisteak hinterher.

Hannah und Champ halfen Stine wieder auf die Beine, und schon waren wir unterwegs in Richtung des leuchtenden Notausgang-Schilds. Die donnernden Fußschritte des Werwolfs, der inzwischen gemerkt hatte, dass ihm sein Futter davonlief, versuchten wir zu ignorieren.

Ich trat im Vorbeilaufen einen Wischeimer um und das seifige Wasser verteilte sich über den ganzen Gang. Der Werwolf rutschte und schlitterte, und wir rannten weiter und stürzten uns durch den Hinterausgang in eine dunkle Gasse.

Stine schlug die Stahltür hinter uns zu. »Mal sehen, wie er da durchkommen will!«

Kapitel 24

Ungefähr fünf Sekunden später wurden wir Zeugen, wie er es schaffte. Der Wolf brach einfach durch die Tür.

Wir drehten uns um und rannten die Gasse entlang, auf den hinteren Parkplatz – und direkt in eine Sackgasse!

Der Werwolf gab ein abgehacktes, hämisches Bellen von sich, fast als würde er uns auslachen. Dann entblößte er seine Reißzähne, senkte den Kopf und wollte auf uns losspringen.

Ich konnte nicht fassen, dass so alles zu Ende gehen sollte. Im Hinterhof eines Supermarktes. Zu Tode gemampft von einem erfundenen Werwolf. »Tja, Leute, war nett mit euch …«

Plötzlich fluteten Scheinwerfer die Gasse mit Licht. Ein Motor heulte auf. Der Werwolf wandte sich von uns ab und erblickte das Auto – doch genau in dem Moment rollte es bereits wie eine Dampfwalze auf ihn zu und rammte ihn in einen Müllcontainer an der Wand.

Wir starrten das fremde Auto an.

Und den geplätteten Werwolf.

Und die Fahrerin, die sich aus dem Fenster lehnte und uns zuwinkte. »Mir geht's gut«, schrie sie.

Im selben Augenblick ging der Airbag auf und drückte sie zurück in den Sitz.

»Wer ist das?«, fragte Hannah.

Ich schüttelte den Kopf. Ich war verwirrt, geschockt und mehr als nur ein bisschen beeindruckt. »Das ist meine Tante Lorraine.«

»Geht mir immer noch gut«, sagte sie, während sie sich von dem Airbag befreite und aus dem Wagen stieg. Ich hatte sie noch nie ohne perfektes Styling gesehen, doch jetzt sah sie ziemlich mitgenommen aus. Die Haare standen ihr zu Berge und ihr Kleid war voller ... *Pudelfell*?

Vielleicht waren wir nicht die Einzigen, die bereits eine seltsame Nacht hinter sich hatten.

»Oh Gott!«, sagte sie, während sie das raue Fellknäuel unter ihrem Wagen begutachtete. »Ich hab gerade einen Bären getötet?!«

»Eigentlich war es ein Werwolf«, klärte Hannah sie auf, als wäre das etwas völlig Alltägliches.

Tante Lorraine wirkte nicht einmal überrascht.

»Äh, Tante Lorraine, was machst du denn hier?«, fragte ich.

»Das ist der Hintereingang von meinem Laden«, sagte sie und zeigte auf das Schild über der Gasse. »Ich wusste nicht, wo ich sonst hinsollte. Ich erreiche weder deine Mutter noch die Polizei noch sonst wen!«

Nun bemerkte sie, dass Stine bei uns war. Sie strich sich die Haare glatt und schenkte ihm ein merkwürdiges Lächeln samt Augenaufschlag. »Ich glaube, wir wurden einander noch nicht vorgestellt. Ich bin Lorraine.«

Oh, oh. Ich kannte dieses Lächeln. Ich kannte auch diesen Augenaufschlag. Ich wusste nicht, um wen man sich mehr Sorgen machen musste – um meine Tante oder um Stine. Keiner von beiden wusste, worauf er sich da einließ.

»R. L. Stine«, sagte er und reichte ihr die Hand. »Wir sind Ihnen zu großem Dank verpflichtet. Mit Ihrer rücksichtslosen Fahrweise haben Sie uns das Leben gerettet.«

»Gern geschehen!« Sie schob sich eine Haarsträhne hinters Ohr. »Also, Stine, Shivers, na ja, wie auch immer … Sie können mich Lorraine oder Rainey nennen oder von mir aus auch –«

»Lorraine!«, unterbrach ich sie. »Dafür haben wir jetzt keine Zeit. Du musst zur Polizeiwache fahren und denen Bescheid sagen, dass sie zur Highschool kommen sollen. Kriegst du das hin?«

Sie sah nicht allzu glücklich darüber aus, aber sie sagte: »Krieg ich hin.« Dann pfiff sie durch die Zähne. »Was für eine Nacht. Mein Horoskop hat das alles genau vorhergesagt.«

Hannah legte die Stirn in Falten. »Ihr Horoskop hat eine Monster-Invasion vorhergesagt?«

Sie zuckte mit den Schultern. »So gut wie. Es hieß: ›Bereiten Sie sich auf unerwartete Überraschungen vor.‹«

Dagegen konnte niemand von uns etwas einwenden.

Die Polizeiwache war dunkel und leer. Eine Wand aus Fernsehbildschirmen zeigte das ganze Ausmaß der monströsen Verwüstung: Mumien, böse Clowns, Vampire, eine kolossale Gottesanbeterin mit einer Vorliebe für geparkte Fahrzeuge.

Im Inneren der Wache bewegte sich nichts. Kein Aufruhr. Keine Helden, die alles daransetzten, die Lage unter Kontrolle zu bringen. Alles war komplett ruhig. Verlassen. Als wäre es das Ende der Welt.

Lorraine schlich hinein. »Hallo, ist da jemand?«

Da war jemand. Jemand, der sie beobachtete. Aber er wollte nicht, dass Lorraine das schon erfuhr. Noch nicht.

Auf einem der Schreibtische stand ein Polizeifunkgerät. Lorraine beschloss, die Dinge selbst in die Hand zu nehmen. »An alle Einheiten, an alle Einheiten, fahren Sie sofort zur Highschool. Mein Neffe steckt in Schwierigkeiten. R. L. Stine ist bei ihm. Sie wissen, wie sie dem ganzen Spuk ein Ende setzen können! Hallo, hört mich jemand?«

Stille.

Und dann eine Stimme. Aber sie kam nicht aus dem Funkgerät.

»Ich höre Sie laut und deutlich.«

Langsam drehte Lorraine sich um.

Auf dem Stuhl des Polizeichefs und mit dessen Mütze auf dem Kopf saß Slappy. »Wachtmeister Slappy, mein Name«, sagte er. »Ihr Freund und Helfer, allzeit bereit.«

Diesen Moment liebte Slappy immer besonders: Wenn sie ihn zum ersten Mal erblickten. Wenn ihre Gesichter erstarrten, als wären sie aus Holz.

»Ach du meine Güte!«, kreischte Lorraine. »Du bist …«

»Sagen Sie es nicht!«, warnte er sie.

»… eine sprechende …«

»Tun Sie es nicht!«

»... Puppe!«

Chance vertan. Slappy gab ein Signal in Richtung der Schatten. Eine Truppe glupschäugiger Aliens kam aus den Ecken des Raums auf sie zu, die Vereisungs-Kanonen im Anschlag.

»Sie haben das Recht, die Aussage zu verweigern«, sagte Slappy.

Die Aliens schossen.

Lorraine erstarrte an Ort und Stelle.

Slappy warf gackernd den Kopf in den Nacken. »Hier drin zieht's ein wenig. Sie sehen aus, als würden Sie glatt erfrieren. HA-HA!«

Während die Aliens auf weitere Anweisungen warteten, öffnete sich die Tür der Wache. Ein rissiger, verbeulter Gartenzwerg trat ein. Perfektes Timing.

»Wie hat Stine reagiert, als ihr ihn angegriffen habt?«, fragte Slappy neugierig. »Hat er um sein Leben gebettelt wie ein kleines Baby?«

Slappy liebte es, wenn jemand um sein Leben bettelte.

Der Zwerg antwortete nicht, aber Slappy verstand auch so – und war entrüstet. »Ihr wart zu Hunderten und habt es nicht geschafft, einen Schrifsteller zu töten?«

Ärgerlich, aber kein Weltuntergang, dachte Slappy. Dann lächelte er. Warum sollte er Stine seinen Sklaven überlassen? Er hatte eine viel bessere Idee.

»Wie sagt man doch gleich? Wer Späne will, muss den Hobel selbst in die Hand nehmen.«

Kapitel 25

Der Friedhof war der mit Abstand am wenigsten unheimliche Ort, an dem ich in dieser Nacht gewesen war.

Was nicht heißen soll, dass es dort nicht trotzdem ziemlich gruselig war. Die Mondsichel erzeugte merkwürdige Schatten in den Bäumen. Steinerne Engel beobachteten uns auf dem Weg durch die Grabreihen.

Die einzigen Geräusche waren das Knacken des vertrockneten Laubs unter unseren Füßen und unser eigener, gleichmäßiger Atem. Ich versuchte, nicht an die Leichen zu denken, die hier unter der Erde verrotteten.

Stine und Champ gingen voraus, Hannah und ich folgten den beiden. Wir gingen so dicht nebeneinander, dass wir uns beinahe berührten. Wir sagten nichts. Es fühlte sich gut an, neben ihr zu gehen und einfach zu schweigen.

Doch schon bald fingen Stine und Champ an zu quasseln. Ich fragte mich, ob sie glaubten, dass ihre Stimmen die Geister verjagten.

»Dann erzähl doch mal, Junge. Wie bist du zu deinem Spitznamen gekommen?«, fragte Stine.

»Das ist kein Spitzname.«

Stine schmunzelte. »Das ist also dein *richtiger* Name? Soll das eine Abkürzung sein?«

»Mein voller Name ist … Champion.«

Ich verkniff mir das Lachen. Armer Champ.

»Ich komme aus einer Sportlerfamilie«, erklärte Champ. »Mein Vater hat bei Olympia '92 eine Bronzemedaille gewonnen. Außerdem hat man ihm den bronzenen Stern verliehen, weil er im Krieg seine ganze Einheit gerettet hat. Und meine Mutter war landesweit eine der besten Sprinterinnen ihres Jahrgangs. Und zweimalige Weltmeisterin im Debattieren. Wenn zwei solche Athleten heiraten und Kinder bekommen, erwarten sie natürlich einen Übermenschen. Deshalb nannten sie mich Champ. Bloß, dass ich dann eine einzige Enttäuschung für sie wurde …«

Er tat mir leid. Und ich konnte mit ihm mitfühlen. Ich wusste, was es hieß, wenn die Eltern Helden waren und man das Gefühl hatte, man würde ihren Ansprüchen nie gerecht werden können.

Ich hatte immer Angst, meinen Dad zu enttäuschen. Selbst jetzt noch, wo er nicht mehr bei uns war. Es machte vielleicht keinen Sinn, aber so fühlte es sich nun einmal an. Als ob er darauf warten würde, dass ich etwas Großes vollbrachte.

Dann die großc Überraschung: Stine hatte nicht ganz so viel Verständnis. Er lachte laut los. »Dein Name ist also *Champion*? So nennt man doch höchstens ein Pferd!«, sagte er. Doch dann muss er den Ausdruck in Champs Gesicht gesehen haben, denn er hörte abrupt auf zu lachen. »Tut mir leid. Schlechter Scherz.«

Womöglich hatte der Kerl trotz allem doch so was wie ein Herz.

»Was soll's, ich bin ja noch jung«, sagte Champ. »Hab noch jede Menge Zeit, ein Held zu werden.«

Ohne uns abzusprechen, wurden Hannah und ich etwas langsamer und vergrößerten den Abstand zu ihrem Dad, bis es sich fast so anfühlte, als seien wir allein auf dem Friedhof. Eine Wolke schob sich vor den Mond und hielt das wenige Licht nun vollends zurück.

»Falls du Angst hast, kann ich gern deine Hand halten«, sagte ich zu ihr.

»Ich bitte dich. Du bist der Angsthase von uns beiden.«

»Dann solltest du vielleicht *meine* Hand halten.«

Ihr Lächeln verwandelte sich in einen stummen Schrei. Eine graue Hand hatte sie an der Schulter gepackt. Ihre Augen weiteten sich und sie erstarrte vor Schreck. Dann entfuhr ihr ein kleines Kreischen – gefolgt von einem peinlich berührten Kichern. Fast gleichzeitig begriffen wir, dass sie bloß gegen die ausgestreckte Hand eines Steinengels gelaufen war.

»Moment, das haben wir gleich«, sagte ich und versuchte, ihre Jacke von den steinernen Fingern zu befreien. »Die haben sich in deiner Jacke verfangen.« Ich streckte meine Arme um sie herum und versuchte weiter, ihren Mantel loszubekommen.

»Mein Held«, flüsterte sie. Ihr Gesicht war bloß ein paar Zentimeter von meinem entfernt. Ihre Lippen sahen so weich aus.

»Geschafft«, sagte ich. Unsere Blicke trafen sich. »Du bist wieder frei.«

Sie bewegte sich nicht. Unsere Blicke waren ineinander gefangen.

Das ist er, dachte ich und versuchte, all meinen Mut zusammenzunehmen. *Das ist mein Augenblick.* Ich musste nichts weiter tun, als noch etwas näher an sie heranzutreten, damit sich unsere Lippen …

Ich machte einen Schritt nach vorn – und stolperte über eine Baumwurzel. Mit einem dumpfen Aufprall landete ich auf der Erde.

Und in dem Moment merkte ich, dass es gar keine Wurzel war. Es war eine matschige Hand, die aus einem Grab hervorragte.

Kapitel 26

Die Hand schloss sich um meinen Knöchel. Ich öffnete den Mund, um zu schreien, brachte aber keinen Laut hervor. Es war wie in einem Albtraum. Bloß dass Albträume nie so lebendig und echt waren. Nicht so kalt und glitschig.

Der Boden unter mir bewegte sich und eine zweite Hand brach durch die Oberfläche. Schmuddelige Finger, die versuchten, durch das Erdreich vorzudringen.

Ich riss meinen Knöchel los, und im selben Augenblick zog sich die Kreatur vollends aus dem Grab nach oben. Ein Friedhofsdämon!

Eine weitere Hand stieß aus der Erde hervor. Da waren noch mehr von denen. Und sie kamen alle aus der Erde, um uns zu holen.

Hannah und ich liefen im Zickzackkurs zwischen den Gräbern hindurch. Champ und Stine rannten hinter uns her. Wir duckten uns an Grabkreuzen vorbei und krochen unter Statuen hinweg. Die matschverschmierten Dämonen trampelten hinter uns her, während immer mehr von ihnen aus den Gräbern kletterten. Ich versuchte, nicht darüber nachzudenken, was sie mit uns anstellen würden, wenn sie uns zu fassen bekamen, mit ihren blassen Gesichtern und den verkrusteten Händen, die uns in die Tiefe, unter die Erde, in die Gräber zerren wollten …

Endlich erreichten wir das Friedhofstor. Hannah gelang es mit Leichtigkeit, durch die gusseisernen Sprossen zu schlüpfen. Mir fiel es schon etwas schwerer, aber ich schaffte es ebenfalls. Auch Champ und Stine waren schon fast in Sicherheit – als einer der Dämonen Stine am Fuß packte.

»Rettet euch!«, schrie er, während der Dämon an ihm zerrte und ihn zurück auf den Friedhof schleppte.

Wir liefen weiter.

»Hey, das war nicht ernst gemeint!«, schrie Stine wütend. »Rettet mich!«

Hannah und ich fuhren herum. Wir sprangen ihm zu Hilfe, nahmen jeder einen seiner Arme und zogen daran, so fest wir konnten.

Es war wie beim Tauziehen. Zentimeter für Zentimeter bewegten wir ihn auf unsere Seite des Tores. Doch die Dämonen ließen nicht los. Stine sah aus, als würde er gleich entzweigerissen.

Nun waren es mehrere Dämonen, die wie auf Kommando an ihm zerrten. Meine Finger begannen, taub zu werden, und ich sah, dass Hannahs Hände langsam abrutschten. Wir waren dabei ihn zu verlieren!

»Ver! Damm! Te! Mons! Ter!«, brüllte Stine voller Wut. Bei jeder Silbe trat er den Dämonen ins Gesicht. Das brachte sie durcheinander, und sie ließen eine Sekunde lang ein wenig locker – und diese Sekunde genügte Hannah und mir, um ihnen Stine zu entreißen.

Wir zogen ihn auf unsere Seite des Tores. Laut keuchend und um Atem ringend brachen wir auf dem Boden zusammen. Es fühlte sich an, als würden mir gleich die Arme abfallen.

Stine war bereits wieder auf den Beinen und suchte den Parkplatz nach Champ ab. »Ich würde ihm gern mal ein paar Takte sagen. Wo steckt diese Schlafmütze?«

Champ lugte hinter einem Gebüsch hervor. Weniger weit entfernt, als ich gedacht hätte. »Tut mir leid, Sir. Sie sagten, ich soll wegrennen, und ich dachte, das wäre tatsächlich Ihr sehnlichster Wunsch.«

Stine sah ihn finster an. Doch schließlich sagte er: »Ist ja nicht deine Schuld. Ich war es, der sich diese Geister ausgedacht hat. Nächstes Mal schreibe ich vielleicht über ein paar süße kleine Goldfische, die in einem Teich schwimmen.« Er seufzte. »Vergesst, was ich gesagt habe. Sie würden sich ja doch bloß in menschenfressende Haie verwandeln.«

»Vielleicht waren das hier ja wenigstens die letzten von ihren Monstern, gegen die wir kämpfen mussten«, sagte ich.

Natürlich lag ich damit falsch.

Kapitel 27

In der Sporthalle der Madison Highschool tanzten und drehten sich einige Schüler übers Parkett. Andere tranken Punsch und standen unsicher am Rand, in der Hoffnung, dass ein Mitglied des anderen Geschlechts ihre Existenz bemerkte. Ein ganz normaler Schulball also.

Doch in unserem Teil der Schule war es dunkel und leer. Die Flure und Klassenzimmer hielten bis Montagmorgen Winterschlaf. Es war, als würden wir ein Naturgesetz verletzen: *Du sollst nicht in die Schule gehen, wenn es nicht unbedingt nötig ist.* Andererseits war es ja nötig. Bitter nötig. Irgendwo in dem Labyrinth der Eingangshallen-Schaukästen befand sich Stines Schreibmaschine.

»Ich dachte, sie wäre da vorne«, sagte er, nachdem wir ans Ende des dritten Flures gelangt waren. »Oder war das da hinten? Vielleicht sollten wir uns trennen.«

Champ stöhnte. »Lesen Sie denn nie Ihre eigenen Bücher? Man darf sich *niemals* trennen.«

»Er hat recht. Los, weiter«, sagte Hannah. »Wir müssen die Schreibmaschine finden.«

Wir fanden sie dort, wo wir sie am wenigsten erwartet hätten – in einem Schaukasten direkt vor der Sporthalle. Im Hintergrund dröhnte die Musik vom Ball und mein Herz schlug im selben Rhythmus. Meine Mutter war jetzt ganz in der Nähe, aber darum konnte ich mir gerade keine Gedanken machen. Ich musste mich einfach darauf verlassen, dass es ihr gut ging. Und zumindest kreischte in der Sporthalle niemand, was ja schon mal ein gutes Zeichen war.

Beim Anblick seiner Schreibmaschine musste Stine grinsen – dann verfinsterte sich seine Miene, als er sah, mit welchem Gegenstand sie sich den Platz im Schaukasten teilte.

»Stephen Kings Füller stellen sie in die Mitte!«, jammerte er und rüttelte so heftig an der Glastür, dass das Schild mit der Aufschrift *Füller von Stephen King* zu zittern anfing.

»Ja, was sollte man denn sonst ins Zentrum der Aufmerksamkeit rücken?«, sagte ich grinsend. Dann untersuchte ich das Schloss des Schaukastens. »Ich brauche eine Büroklammer.«

Stine schüttelte den Kopf. »Keine Zeit. Ich zerschlage die Scheibe. Ich brauche einen Mülleimer oder …«

»Oder wir machen es so«, sagte Hannah und schob die Glastür einfach auf. Offenbar waren die Sicherheitsvorkehrungen hier an der Schule ziemlich lasch.

Stine schnappte sich die Schreibmaschine und drückte sie an seine Brust. »Ich hab dich so vermisst, Schatz.«

Doch auch dafür hatten wir jetzt keine Zeit. Mich beschlich langsam das Gefühl, dass wir insgesamt für fast gar nichts Zeit hatten. »Okay. Fangen Sie an zu schreiben. Sie erinnern sich doch noch, oder? Wir haben es eilig!«

Während er weiter die Schreibmaschine festhielt, schaute er mich ahnungslos an. »Und wie ist die Handlung?«

Sonst noch Fragen? »Die Monster sind los. Die Guten gewinnen. Ende!«

»Es funktioniert nicht, wenn es keine echte *Gänsehaut*-Geschichte ist. Wir brauchen unerwartete Wendungen, Schockmomente und Überraschungen.«

Ich hatte keine Ahnung, wie es den anderen ging, aber mir schien das ein bisschen viel zu sein, um es sich innerhalb der nächsten zehn Minuten auszudenken.

»Geht in die Sporthalle. Warnt jeden, der da ist«, sagte Stine. »Sie sollen die ganze Schule verbarrikadieren.«

»Und wo gehst du hin?«, fragte Hannah.

»Einen Platz zum Schreiben finden. Verschafft mir so viel Zeit wie möglich. Slappy wird nach mir suchen. Ich hab also eine Deadline – buchstäblich.«

Wir stöhnten auf. Er lief den Flur hinab. »Los geht's!«

Wir setzten uns ebenfalls in Bewegung. Im Gehen sah ich noch, wie Stine versuchte, den Füller von Stephen King zu zerstören, indem er ihn gegen die Wand pfefferte. Als das nicht funktionierte, warf er ihn in eins der Trinkbecken.

Es gibt nichts, worüber man sich Sorgen machen müsste, sagte ich zu mir selbst. *Wenn irgendjemand die Welt retten kann, dann dieser Mann.*

Slappy betrachtete das Football-Stadion. »Ich liebe es! Ich liebe es!«, rief er. »Ich kann den Schmerz und die Niederlagen geradezu riechen.«

Er saß auf der Motorhaube seines Wagens und war vom engsten Kreis seiner Vertrauten umgeben. Der Werwolf war da. Die Vampirpudel. Der Schneemensch. Die glupschäugigen Aliens. Die graugesichtigen, schmutzverkrusteten Friedhofsdämonen. Sie alle warteten auf seine Anweisungen. Sie gehorchten ihm. Sie würden alles für ihn tun. Schließlich verdankten sie ihm ihre Freiheit.

Und sie wussten, er würde alles dafür tun, dass sie frei blieben – für immer und ewig.

Slappy wippte zur Melodie der Radiomusik hin und her. Es war eine glorreiche Nacht. Wenn er genau hinhörte, konnte er die panischen Schreie aus der Stadt herüberwehen hören.

Die hilfsbereiten Zwerge entluden einen Haufen Manuskripte aus dem Kofferraum an der Fünzig-Yard-Linie. Slappy reichte ihnen den Schlüssel, und sie machten sich an die edle Aufgabe, Schloss für Schloss jedes der Manuskripte zu öffnen.

»Das da nicht!«, rief Slappy plötzlich. »Noch nicht.« Dieses eine Buch sparte er sich für einen besonderen Moment auf.

»Jetzt«, sagte Slappy, und die Zwerge öffneten die Bücher.

Monster um Monster kletterte brüllend, bellend und kreischend aus den Seiten. Sie waren eine lange Zeit eingesperrt gewesen. Sie hatten Hunger.

»All meine Facebook-Freunde auf einem Haufen.« Slappy lachte. »Ich mach mir in die Hosen vor Lachen. Aber jetzt ist es an der Zeit, dass sich ein paar andere Leute in die Hosen machen.«

Er warf ein Streichholz auf den Bücherhaufen und das Papier ging sofort in Flammen auf.

Es gab kein Zurück mehr.

Kapitel 28

»So sieht's also auf einem Schulball aus?«, sagte Hannah.

Ich schaute mich um. Mädels, die in ihren angesagtesten Outfits herumstolzierten, während die Jungs auf ihre Handys starrten und so taten, als würden sie die Mädels nicht sehen? Abgehakt.

Unheimlich unentspannte erste Dates? Abgehakt.

Ein wütender Lehrer, der einen Scherzkeks am Ohrläppchen durch den Saal zieht? Abgehakt.

Zwei Möchtegern-coole Typen die mitten auf der Tanzfläche abrocken, ohne dass jemand von ihnen Notiz nimmt? Doppelt abgehakt.

»Ja«, sagte ich. »Normalerweise wird allerdings etwas besser getanzt.«

Es war alles ziemlich durchschnittlich und lahm hier, doch Hannah staunte, als wäre sie in einem völlig fremden Land. Und wahrscheinlich war die Highschool das für sie ja auch. Hatte sie wirklich ihr ganzes Leben eingesperrt in einem Haus verbracht und sich bloß nachts ab und zu davongeschlichen? Was war das bitte schön für ein Dasein?

In dem Moment hörte ich eine Stimme, die mir extrem bekannt vorkam. Und die meinen Namen kreischte.

»Mom!«, rief ich, als ich sah, wie sie sich einen Weg durch die Menge bahnte.

Sie umarmte mich so fest wie eine Bärenmutter ihr Junges. Normalerweise hätte das zu hundert Prozent gegen meine *Solange-wir-uns-auf-dem-Schulgelände-befinden-kennen-wir-uns-nicht*-Spielregeln verstoßen. Aber in diesem Fall erwiderte ich einfach ihre Umarmung und wünschte mir, ich könnte sie für immer so festhalten.

»Ich konnte weder dich noch Tante Lorraine erreichen!«, rief sie. »Ich hab mir Sorgen gemacht!«

Bis zu diesem Moment war mir gar nicht bewusst gewesen, wie sehr ich mir auch um sie Sorgen gemacht hatte. Aber jetzt war keine Zeit für Erklärungen.

Und noch weniger dafür, sie wieder von dem unvermeidlichen Ausraster runterzubringen, den sie bekommen würde, wenn sie erfuhr, was wir die ganze Nacht über gemacht hatten.

»Mom, die Leute hier sind in Gefahr«, sagte ich. »Wir müssen das Schulgebäude verbarrikadieren.«

Ihr Lächeln löste sich im Nullkommanichts auf. »Ich bitte dich, Zach. Fang nicht wieder damit an.«

Ich konnte nicht glauben, dass sie dachte, ich würde mir so etwas ausdenken.

»Er sagt die Wahrheit«, kam mir Hannah zu Hilfe. Sie streckte meiner Mutter die Hand hin. »Hallo, ich bin Hannah. Ich wohne bei Ihnen nebenan.«

Während meine Mutter dadurch abgelenkt war, dass sie

überlegte, was ich mit einem *Mädchen* auf einem Schulball machte, sprangen Champ und ich auf die Bühne.

Champ stieß den DJ beiseite, schnappte sich das Mikro und übertönte das genervte Stöhnen auf der Tanzfläche. »Alle mal zuhören! Alle mal zuhören! Hier oben spielt die Musik! Hört zu, ich muss euch was sagen!«

Hunderte Augenpaare wandten sich ihm zu und warteten darauf, dass er etwas Wichtiges sagte.

»Ähm … hört mal zu, was mein bester Freund Zach euch zu sagen hat!« Er drückte mir das Mikro in die Hand.

»Okay Leute, ich weiß das klingt verrückt, aber Madison wurde von Monstern überfallen«, fing ich an. »Sie haben alle Zufahrtstraßen blockiert und die Mobilfunkmasten umgerissen. Wir sind von der Außenwelt abgeschnitten. Sie sind jetzt draußen vor der Schule. Wir müssen zusammenarbeiten, um …«

In der hintersten Reihe rülpste jemand in donnernder Lautstärke.

Während meine Worte im Gelächter untergingen, spürte ich plötzlich großes Mitgefühl mit meiner Mutter – und mit allen anderen stellvertretenden Schulleitern dieser Welt.

Einer von den Sportskanonen fing an zu schreien und zeigte über seine Schulter zu dem Fenster, hinter dem man das Stadion sehen konnte. »Er hat recht! Da ist der schwarze Mann … und er bohrt sich in der Nase!«

Ich fragte mich, ob ich Stine vielleicht dazu bringen konnte, ein Buch mit dem Titel *Der schwarze Mann, der zum Nachtisch Sportskanonen aß* zu schreiben.

Über die Köpfe der Menge hinweg konnte ich das selbstgefällige Grinsen des Jungen sehen. Er klatschte sich mit all seinen Freunden ab, während ich von der gesamten Schülerschaft ausgelacht wurde.

Dann sah ich, dass er nun tatsächlich aus dem Fenster schaute.

Er schrie erneut. »Da ist ein riesiges Insekt, das alle Autos auffrisst!«

Eine andere Sportskanone gab ihm ein Zeichen, dass er es nicht übertreiben sollte. »Alter, wir haben's kapiert.«

»Nein, im Ernst –« Doch bevor er zu Ende sprechen konnte, schlug eine riesige Heuschrecken-Schere das Fenster ein und zog ihn zu sich nach draußen.

Niemand lachte mehr. In der Sporthalle war es plötzlich mucksmäuschenstill.

Ein gigantisches Insektenauge glotzte durchs zerbrochene Fenster zu uns rein.

Die Stille währte ungefähr drei Sekunden. Und dann?

Dann verloren alle in der Sporthalle, Schüler wie Lehrer, vollkommen den Verstand. Kreischen, Brüllen, Heulen, Zähneknirschen, Nach-Mami-und-Papi-Betteln, Nach-der-Polizei-Rufen, Um-Hilfe-Schreien, Den-lieben-Gott-Anflehen.

Es war ein ohrenbetäubendes Chaos – und es half niemandem auch nur im Geringsten weiter.

»Beruhigt euch alle mal!«, rief ich. »Ich weiß, was zu tun ist. Aber ich brauche dazu eure Hilfe.«

Wieder machte sich Stille in der Menge breit, und alle sahen mich an, als würden sie mir *glauben* – als wüsste ich tatsächlich alle Antworten und könnte ihnen den Abend retten. Was mich wiederum an den Rand der Panik brachte. Denn wer war ich schon, dass ich irgendjemanden retten konnte?

Hannah musste die Verunsicherung in meinen Augen gesehen haben. Sie warf mir ihr aufmunterndstes Lächeln zu. Eins, das sagen sollte: *Du schaffst das. Ich glaube an dich.*

Und das genügte, damit auch ich an mich glaubte.

»Hört zu, diese Monster da draußen, die kommen aus den Büchern von R. L. Stine. Er ist auch hier. Er kann sie wieder in den Griff kriegen. Aber wir müssen ihm genug Zeit verschaffen, um eine neue Geschichte zu schreiben. Also ... wer von euch hat die Gänsehaut-Bücher gelesen?«

Zuerst bewegte sich keiner. Nur Champ, neben mir auf der Bühne, hob stolz seine Hand. Langsam, einer nach dem anderen, folgten die Schulkameraden auf der Tanzfläche seinem Beispiel, bis schließlich fast jeder die Hand in der Luft hatte.

»Gut, dann wisst ihr ja alle, was zu tun ist.«

Kapitel 29

Es fühlte sich merkwürdig an, das Sagen zu haben.

Aber auch irgendwie großartig.

Mein erster Befehl: Findet so viele Gegenstände wie möglich, die als Waffen zu gebrauchen sind. Eimer und Wischmopps aus der Besenkammer, Golf-, Hockey- oder Tennisschläger aus dem Geräteraum.

Dann schickte ich den Direktor und eine Gruppe von Schülern los, um mit den Tischen aus den Klassenzimmern vor dem Eingang der Turnhalle eine Barrikade zu errichten. Für den Fall, dass die Monster uns angreifen würden.

Worauf wir natürlich nicht lange warten mussten. Eine Truppe kleiner rotäugiger Roboter kämpfte sich durch die Barrikade und beschoss uns mit Laserstrahlen. Ich erkannte sie: Es waren Roboter vom Typ Annihilator 3000. Und sie waren darauf programmiert, uns auszulöschen.

Vom Schulhof aus schlugen vier Meter große Vogelscheuchen mit ihren Strohfäusten die Scheiben ein. Ich schickte einige Lehrer und Schüler mit Baseballschlägern und Bällen aufs Hallendach, um den Vogelscheuchen die Füllung rauszuprügeln.

Der Rest von uns zog sich in die Cafeteria zurück und verbarrikadierte sich dort hinter umgekippten Tischen – gerade noch rechtzeitig, bevor die Vampire angriffen.

Zum Glück hatten wir die perfekten Waffen: Servierkellen und einen Kessel voller Stampfkartoffeln mit Knoblauch.

»Bist du dir sicher, dass das funktioniert?«, fragte Champ.

Ich löffelte eine Riesenportion Brei aus dem Kessel. »Vampire mögen keinen Knoblauch, oder?«

»Schon … aber mögen sie auch keine Stampfkartoffeln mit Knoblauch?«

Ein Vampir und seine Vampirbraut näherten sich uns, dicht gefolgt von ihrem Vampirpudel.

Auch Hannah belud ihre Kelle mit Brei. »Lasst es uns rausfinden! Bereit?«

»Feuer frei!«, rief ich, und wir schossen eine Salve Stampfkartoffeln ab.

Die Vampire kreischten vor Schmerz und flüchteten.

»Ich kann nicht glauben, dass es tatsächlich …«

Ein weiterer Vampir streckte den Kopf in die Turnhalle, und wir bewarfen ihn mit allem, was noch übrig war.

Anstatt zu flüchten, wischte sich der Vampir bloß den Kartoffelmatsch aus dem Gesicht.

»Hey, Leute, ich bin's nur«, sagte er ruhig.

Nun erkannte ich sein Gesicht: Es war der Grufti, der in Chemie eine Reihe hinter mir saß.

»Sorry, Seth«, sagte Champ.

Aber wir hatten eigentlich gar keine Zeit für Entschuldigungen. Wir mussten Gartenzwerge mit Bowlingkugeln zerschießen! Glupschäugige Aliens mit Bunsenbrennern schmelzen! Mithilfe einer Klebefalle eine Mumie enthüllen! Mutierte Insekten mit Baseballschlägern platt klopfen!

»Nur noch ein paar Minuten!«, rief ich Hannah zu, während wir zwei weitere Insektenschädel zerschmetterten. »Stine müsste fast fertig sein!«

Ich hoffte, dass es nicht bloß Wunschdenken war.

Der Schriftsteller saß an einem großen hölzernen Schreibtisch mitten auf der dunklen Bühne und starrte seine Schreibmaschine an.

»Die Nacht war dunkel«, murmelte er vor sich hin, während er halbherzig auf den Tasten herumtippte. Aber … nein.

»Dunkel war die Nacht.«

Besser.

»Die Nacht hüllte sich in Dunkelheit.«

Dann hatte er es. Er legte seine Hände auf die Tastatur.

»Die Nacht war kalt.«

Eine kühle Brise streichelte ihn im Nacken. Er blickte auf, war plötzlich hellwach.

Nicht, dass ihm das noch etwas nützen würde.

Slappy rannte durch die Flure und kam näher. »Papi, wo bist du?«, rief er. »Ich will dein Gesicht sehen. Ich hatte die ganze Nacht noch nichts zu lachen.«

Stine versuchte das Gefühl zu ignorieren, von der Dunkelheit umschlungen zu werden. Wütend tippte er schneller und schneller.

»Alle Monster hatten sich versammelt. Die fiesen Vampire, die Gottesanbeterin, die verfluchte Maske …«

»Hast du nicht jemanden vergessen?«, unterbrach ihn eine blecherne Stimme.

Stine blickte auf. Im Zuschauerraum war es dunkel. Bloß auf seinen Schreibtisch, der auf der Bühne stand, fiel ein Lichtkegel. Und dessen Helligkeit blendete ihn so, dass er nichts sehen konnte. Trotzdem wusste er: Die Puppe war da.

»Slappy?«

Ein Kichern hallte durch den leeren Saal. Ein zweiter Lichtkegel flammte auf und fiel auf Slappys Platz in der Mitte der Sitzreihen. Er lächelte seinen Schöpfer an. »Schön, dich auf der Bühne zu sehen«, gackerte er. »Bereit für den letzten Vorhang?«

»Wie hast du mich gefunden?«, wollte Stine wissen.

»Ich hab dich gerochen. Oder bin ich etwa auf dem Bürgersteig in etwas reingetreten?« Erneut lachte Slappy über seinen eigenen schlechten Scherz. »Du kannst dich nicht vor mir verstecken. Ich kenne dich zu gut. Weil ich dich erschaffen habe. Oder war es umgekehrt?« Er kicherte. »Ich vergesse das immer wieder. Wir sind uns so ähnlich ...«

Das Licht ging aus und Slappy verschwand.

»Slappy?«, rief Stine mit panischer Stimme. »Wo bist du?«

Das Licht ging wieder an. Slappy war näher gekommen. Er saß jetzt in der ersten Reihe. »Denkst du etwa, du siehst gut aus, da oben?«, krächzte er. »Ich hab schon Kohlköpfe gesehen, die schöner waren als du!«

»Was willst du?«, fragte Stine.

»Ich hab beschlossen, dir die Wahl zu lassen. Arbeite mit mir zusammen und du bleibst am Leben. Arbeite gegen mich und ...« Er kicherte. Wie sehr liebte er doch den Klang seines eigenen bösen Gelächters. »... nun ja, du wirst den ganzen großen Spaß verpassen.«

»Nein, Slappy, das will ich auf keinen Fall.«

Slappy starrte Stine an. »Ich kenne dich besser als du selbst. Du sagst: ›Das war's. Ich werde nie wieder schreiben.‹ Aber du kommst immer wieder zu mir zurück. Du brauchst mich.«

Stine verzog das Gesicht. »Wir sind nicht …«

»… ein und dieselbe Person?« Slappy sagte die Worte im gleichen Moment wie Stine. Dann lachte er.

»Siehst du? Ich kenne jeden deiner Gedanken – sogar deine geheimsten, dunkelsten Fantasien, Papi. So hast du mich nun mal geschaffen. Wir teilen alles miteinander.«

Stine stand auf und brüllte: »Nein! Die Dinge haben sich geändert.«

Slappy schüttelte den Kopf. »Geändert? Das Einzige, was du ändern solltest, ist deine Frisur!«

Im Zuschauerraum und auf der Bühne wurde es wieder stockfinster.

»Slappy?«, rief Stine. »Slappy?«

Aber Stine hätte es besser wissen sollen. Er hätte Slappy nicht kränken dürfen.

Die Bühnenbeleuchtung ging wieder an und Slappy stand auf Stines Schreibtisch. Er hielt die frisch geschriebenen Seiten in der Hand.

Slappy las vor: »›In der Highschool taten sich alle zusammen, um mit vereinten Kräften gegen Slappy und seine Monster vorzugehen.‹«

Nein, so konnte das nichts werden. Slappy improvisierte eine eigene Zeile. »›Doch Slappy hatte andere Pläne.‹«

Stine griff nach der Seite und Slappy griff nach Stine. Er packte die Finger des Schriftstellers und riss kräftig daran. Es ertönte ein hässliches Knacken, dann ein Schmerzensschrei.

»Ups, hab ich dir wehgetan?«, kicherte Slappy. »Tut mir aber leid. HA-HA-HA.«

Doch die Schmerzen waren nicht das Schlimmste.

Das Schlimmste war: Der Schriftsteller würde kein Wort mehr schreiben können.

Nicht in dieser Nacht.

Kapitel 30

Hannah und ich hörten bereits vor der Aula, dass Stine vor Schmerzen stöhnte. Wir stürzten durch die Tür.

Er saß allein auf der Bühne vor seiner Schreibmaschine und hielt sich die Hand, als wäre sie ein verletzter Vogel. »Diese bösartige Puppe hat mir die Finger gebrochen!«, rief er.

Hannah rannte ihm zu Hilfe.

»Es wären nur noch ein oder zwei Seiten gewesen«, seufzte er.

»Pfeifen Sie auf die eine Seite«, schlug ich vor. »Schreiben Sie bloß ein Wort: *Ende.*«

Er schüttelte den Kopf. »So einfach ist das nicht.«

Plötzlich begann das ganze Gebäude zu beben. Irgendetwas sagte mir, dass es kein Erdbeben war.

Aus der Lautsprecheranlage ertönte ein Rauschen, dann die Stimme des Direktors: »Dies ist ein Notfall! Die Madison Highschool wurde von Monstern eingenommen. Versammelt euch alle ruhig und geordnet im Geräteraum.«

Ich schnappte mir die Seiten und die Schreibmaschine. »Darum kümmern wir uns später. Mir nach!«

Wir rannten den Flur entlang und mussten dabei alle paar Meter einem Monster ausweichen. Der Direktor hatte recht gehabt: Sie waren überall. Menschenfressende Pflanzen schossen aus den Schränken hervor, glupschäugige Aliens marschierten im Stechschritt, mit den Eiskanonen im Anschlag. Hinter jeder Ecke wartete eine andere böse Überraschung: Vogelscheuchen, Halloweenkürbisse, Sumpfmonster, ein böser Clown, ein Hexendoktor. Und sie alle machten Jagd auf uns.

Trotzdem schafften wir es irgendwie, bis zur Eingangstür und hinaus in die Nacht zu gelangen. Wir überquerten den Schulhof und rannten in den Geräteraum der Turnhalle, wo wir uns zusammen mit der übrigen Schülerschaft einschlossen. Champ und ich verbarrikadierten die Tür.

Zombies und Vogelscheuchen drückten ihre Gesichter ans Fenster und schlugen gegen die Scheibe. Die Decke bebte. Putz rieselte auf uns herab. Da oben war irgendetwas – und es wollte zu uns rein. Gebrüll hallte durch die Barrikade.

Noch waren wir in Sicherheit, aber für wie lange?

»Was nun?«, fragte Champ. »Sie werden hier reinkommen.«

»Ich hab keine Ahnung«, gab ich zu.

Stine deutete auf das Fenster, durch das man den Parkplatz sehen konnte. Die meisten Autos waren zerstört, aber es stand noch eine Reihe fahrbereiter Schulbusse da. »Slappy ist hinter *mir* her«, sagte Stine. »Wenn ich es schaffe, die Monster mit einem der Busse wegzulocken, dann werden sie euch in Ruhe lassen, und ihr seid in Sicherheit.«

Hannah sah ihn schockiert an. »Dann komme ich mit dir!«

»Nein, Hannah.« Stine legte ihr eine Hand auf die Schulter. »Ich bin mein ganzes Leben lang weggelaufen. Ich war so wütend auf die Wirklichkeit, dass ich diese schrecklichen Monster erschaffen habe. Aber jetzt bin ich nicht mehr wütend. Das hier ist meine Schuld. Ich trage die Verantwortung. Nicht diese Stadt. Und erst recht nicht du.«

Hannah schüttelte den Kopf. Ich war mir nicht sicher, ob sie ihm überhaupt zugehört hatte. »Es muss noch eine andere Möglichkeit geben!«, sagte sie.

»Liebling, es ist an der Zeit, dass ich mich meinen Dämonen stelle.«

Champ hielt ihm die Hand zum Einschlagen hin. »Ich glaube an Sie.«

»Halt die Klappe«, sagte Stine. Dann holte er tief Luft und dachte noch einmal nach. »Tut mir leid«, verbesserte er sich. »Ich wollte sagen, danke, dass du an mich glaubst.«

Ich konnte es kaum fassen. Vielleicht waren Menschen ja tatsächlich in der Lage, sich zu ändern. Sogar Menschen wie Stine. Sollten wir ihn wirklich alleine da rausgehen lassen, in den sicheren Tod?

In dem Moment fiel mein Blick auf eine Football-Trainigspuppe in der Ecke des Geräteraums.

Und ich hatte eine Idee.

Slappy beobachtete, wie der Schriftsteller sich an den Bus heranschlich. Er lauschte dem Anlassen des Motors und sah zu, wie der Bus vor der Turnhalle abfuhr.

»Wo willst du denn hin, Papi?«, säuselte Slappy. »Ich dachte, wir

gucken uns gemeinsam die Zerstörung der Stadt an. Ich hab uns die besten Plätze reserviert.« Er schnippte mit den Fingern in Richtung seiner Monsterarmee. »Bringt ihn mir.«

Dann dachte er noch einmal darüber nach. »Ach, wisst ihr was? TÖTET ihn einfach, ich bin die Spielchen leid.«

Er hatte also den Befehl gegeben.

Die Monster galoppierten und stampften und warfen sich dem Bus hinterher. Slappy folgte ihnen in seinem Auto. Er lachte vor Aufregung. Bald, sehr bald, würde es vorbei sein. Der Schriftsteller würde tot sein. Aber seine Geschöpfe würden weiterleben. Und Slappy würde ihr Anführer sein.

»Von jetzt an schreibe ich die Geschichte weiter. Und glaubt mir, es wird eine Horrorgeschichte!«

Der Bus raste den dunklen Highway entlang, zog dabei eine leuchtende Spur durch die Nacht. Dann durchschnitt das Flattern von riesigen Flügeln die Dunkelheit. Ein lautes Zischen schoss durch die Stille.

Die Gottesanbeterin senkte sich auf den Bus nieder und stieß ihn von der Straße. Der Bus überschlug sich mehrmals, bis das Dach beinahe abgerissen und das Blech komplett verbeult war.

Als das Fahrzeug endlich zum Liegen kam, war aus dem Inneren nichts als Stille zu vernehmen.

Begierig, den leblosen Körper im Fahrzeug zu sehen, krochen die Monster näher.

Und näher ... und näher ... bis sie nah genug dran waren, um zu erkennen, dass der leblose Körper eine Football-Trainingspuppe war, die den Anzug des Schriftstellers trug.

Ein Hockeyschläger hatte das Gaspedal blockiert und ein Ledergürtel hatte das Lenkrad auf Kurs gehalten.

Die Monster brüllten vor Wut. Eins von ihnen fand eine Leine an der Seitentür. Es zog einmal daran. Und noch einmal. Ein merkwürdiges Klicken ertönte.

Dann explodierte der Bus.

Kapitel 31

»Es hat funktioniert!«, rief ich triumphierend, während *unser* Bus am Ort der Explosion vorbeirauschte. »Wer hätte gedacht, dass es sich einmal so auszahlen würde, im Chemieunterricht aufzupassen?«

»Juhuu!«, jubelte Hannah.

Sogar Stine ließ sich zu einem Lächeln hinreißen. »Also, wo waren wir stehen geblieben?« Er diktierte, während er den Bus steuerte. Ich tippte.

»›Stines genialer Plan funktionierte perfekt‹«, sagte er.

Ich hörte auf zu tippen. *Stines* genialer Plan?

»Bin ich dir zu schnell?«, fragte er. »›Stines Mut war geradezu unermesslich. Er hatte die Monster in die Luft gejagt und ganz allein die gesamte Stadt gerettet. Er war ein Held, aber er hatte es nicht nötig, damit anzugeben. Das wäre nicht sein Stil gewesen.‹«

»Soll ich die letzten beiden Sätze wirklich schreiben?«, fragte ich.

Hatte dieser Typ wirklich vierhundert Millionen Bücher verkauft?

»Ich bin hier der Schriftsteller!«, beharrte er. »Du bist der Sekretär! Schreib einfach, was ich dir sage.«

»Wo fahren wir hin?«, fragte Champ.

»Slappy wird wissen, wo ich hinfahre«, sagte Stine. »Er ist ich. Wir müssen an einen Ort, an dem ich noch niemals war. An einen Ort, von dem ich noch nicht einmal weiß, dass er existiert.«

»Ich weiß wohin«, sagte Hannah.

Und ich war mir ziemlich sicher, dass ich wusste, welchen Ort sie meinte.

***

Jetzt, da ich wusste, dass es Monster wirklich gab, wirkte der verlassene Vergnügungspark noch unheimlicher als zuvor. Aber Hannah hatte recht gehabt, es war der perfekte Ort. Er verschaffte uns die Zeit, die wir brauchten.

Wir vier sprangen aus dem Bus und eilten über das Parkgelände.

»›Es war offensichtlich, dass es nur einen Platz gab, der als Versteck infrage kam‹«, diktierte Stine.

»Ich kann nicht tippen, während ich laufe«, machte ich Stine klar.

»War bloß eine … Gedankennotiz. ›Es gab nur einen Ort im Park, an dem sie sich vestecken konnten. Den … Bogengang!‹«

»Ähm, es gibt hier keinen Bogengang«, sagte Hannah.

Stine reckte den Hals. »›Es war natürlich das … Gruselkabinett!‹«, verbesserte er sich.

Im Gruselkabinett erwartete uns zuerst ein Labyrinth aus Spiegeln. Wir schlichen vorbei an einem Kaleidoskop unserer eigenen verzerrten Gesichter: Grotesk gequetschte oder aufgeblähte Grimassen starrten uns entgegen.

Hannah leuchtete mit der Taschenlampe auf die Tastatur, damit ich sehen konnte, was ich schrieb. Ich tippte, so schnell ich konnte.

»›Das Gruselkabinett war furchteinflößend‹«, sprach Stine. »›Natürlich weniger für Stine als für seine Begleiter. Doch es bot ihnen Zuflucht vor den echten Monstern, die draußen auf sie lauerten.‹«

Und wo wir gerade von echten Monstern sprachen …

»Jetzt seid ihr in einem Gruselkabinett«, krächzte eine altbekannte Stimme. »Und ihr kommt genau richtig. Das Gruseln geht gerade erst richtig los!«

Slappy hatte uns gefunden.

Kapitel 32

Alle Lichter im Gruselkabinett leuchteten rot. Slappy stand vor einem riesigen Spiegel. Sein Gesicht war von der Explosion verkohlt. Er sah wütender aus als je zuvor. »Papa, du bist einfach gegangen, ohne Tschüss zu sagen!«

Slappy und Stine starrten einander vor dem Spiegel an. Ihre grotesk verzerrten Gesichter wirkten auf merkwürdige Weise identisch.

»Ich war dein Freund und du hast dich von mir abgewendet. Du hast mich eingeschlossen und zwischen den Seiten deiner Bücher gefangen gehalten. Du hast mich über Jahre und Jahre im Regal stehen lassen. Der Schlüssel lag die ganze Zeit vor dir, aber du hast ihn nicht benutzt.«

»Du bist nicht echt, Slappy«, sagte Stine. »Ich habe dich erschaffen – und ich schaffe dich wieder ab.«

Slappy lachte. »Ich schreibe jetzt die Geschichte. Und es tut mir leid, aber für eine Figur namens Stine habe ich keinen Platz mehr.« Slappy hielt ein Manuskript hoch. »Lasst uns eine neue Figur ins Spiel bringen. Vielleicht den Blob, der alle auffraß?«

Aus Stines Gesicht wich jegliche Farbe. »Nein, nein, nicht den, Slappy!«

»Er will eigentlich bloß kurz Hallo sagen. Aber vielleicht bleibt er auch auf einen kleinen Happen. Ha-ha-ha.« Er zog den goldenen Schlüssel hervor und schloss das Buch auf.

»Rennt weg!«, schrie Stine.

Eine gelatineartige Masse glibberte aus den Seiten hervor. Sie quoll durch die vergammelten Wände und Bodenbretter, breitete sich mit Höchstgeschwindigkeit aus, machte hungrige Schluckgeräusche. Und sie hatte ganz offensichtlich *Hunger auf uns*.

Wir vier rannten aus dem Gruselkabinett – und direkt in die Arme dessen, was von der Monsterarmee noch übrig war. Wir waren umzingelt.

»Das Riesenrad!«, rief Hannah.

Wir rannten hin.

Stine drückte mir das unfertige Manuskript in die Hände. »Lauf«, sagte er. »Ich werde sie aufhalten. Schreib du das Buch zu Ende.«

»Moment mal, was soll ich denn schreiben? Was ist das Ende?«

Stine kam näher zu mir heran. »Mir ist klar geworden, dass Hannah sich mit dir eingelassen hat, weil du mir ähnlich bist, Zach. Du kannst das. Schreib es zu Ende.«

Konnte ich es wirklich? Konnte ich das Buch zu Ende schreiben?

Es sah nicht so aus, als hätte ich eine Wahl. Stine rannte davon, ehe Hannah ihn aufhalten konnte.

Champ, Hannah und ich kletterten die rostigen Sprossen des Riesenrads hoch und kamen genau in dem Moment oben an, als Stine den Blob, der alle auffraß, erreichte.

Der Blob schluckte Stine in einem Stück. Dann bebte und erzitterte sein widerlicher Körper von einem enormen Rülpsen.

Hannah schrie mit schmerzverzerrter Stimme nach ihrem Vater. Sie versuchte, wieder runterzuklettern, doch Champ und ich hielten sie auf.

Ich konnte es kaum ertragen, sie so leiden zu sehen. Aber ich durfte auch nicht zulassen, dass sie ihr eigenes Leben für das ihres Vaters opferte. Für ihn kam ohnehin jede Hilfe zu spät.

»Hey, guckt mal!«, rief Champ. Er zeigte auf den Blob. Ein Stine-förmiges Wesen boxte gegen dessen Innenwand. »Er ist da drinnen! Er lebt noch!«

Von unserem Ausguck auf dem Riesenrad sahen wir, wie Slappy auf den Blob zuging. Wir konnten nichts weiter tun als zuschauen.

»Hey, Blobfutter! Du bist gefangen«, verspottete Slappy seinen Schöpfer. »So ähnlich fühlt es sich an, in einem deiner Bücher zu stecken. Gar nicht so lustig, was?«

Eigentlich sollte ich schreiben, aber die Situation war so abwegig und grundverkehrt, dass ich den Blick nicht abwenden konnte. Bis ich plötzlich Bewegung am Fuß des Riesenrads bemerkte.

Die Monsterarmee war dort angekommen und begann *hochzuklettern.*

»Sie kommen!«, kreischte Champ. »Was sollen wir tun?«

»Halt sie auf!«, befahl Hannah ihm.

Champ beugte sich zu ihnen runter.

»Verschwindet hier!«, schrie er die Monster an. Dann wandte er sich wieder Hannah zu. »Hat nichts gebracht.«

Champ zog einen Schuh aus und warf ihn nach dem nächsten Dämon. Der Dämon kletterte weiter. »Hat auch nichts gebracht.«

Okay. Ich musste die Geschichte zu Ende schreiben. Ich hatte keine Ahnung, ob das, was ich tippte, irgendeinen Sinn ergab. Oder funktionieren würde. Ich tippte einfach. Mir blieb keine Wahl. Stine hatte es mir überlassen.

»Kannst du vielleicht etwas schneller schreiben?«, drängelte Champ.

»Ohne Maus ist das echt schwierig!«, beschwerte ich mich.

Aber das war nicht wirklich das Problem. Das Problem bestand darin, die richtigen Worte zu finden. Stine hatte recht, dieses Geschichtenerzählen war schwieriger, als es aussah.

»Schreib zu Ende, Zach«, murmelte Hannah.

Ich wusste, dass sie auf mich zählte. Alle zählten auf mich.

Ich holte tief Luft und schrieb zu Ende:

»›Als die Monster näher kamen, schloss Zach die Augen und öffnete das Buch. Die Monster wurden zurück in ihre Welt aus Tinte und Papier gesaugt. AUF NIMMERWIEDERSEHEN. ENDE!«

Ich riss die letzte Seite aus der Schreibmaschine.

»Was passiert jetzt?«, fragte Champ.

Die Gottesanbeterin nagte jetzt an den Bolzen des Riesenrads herum. Gleich würden die Monster gar nicht mehr zu uns raufkommen brauchen. Denn wir würden zu ihnen herabstürzen – und in einem leblosen Haufen auf dem Boden landen.

»Das werden wir gleich herausfinden«, sagte ich. Ich schob die Seiten zusammen und steckte sie in Stines ledernen Manuskriptumschlag. Dann schloss ich das Buch.

»Es wird funktionieren«, sagte Hannah. »Ich weiß es.«

Die Heuschrecke zermalmte einen letzten Bolzen und ein furchterregendes, metallisches Kreischen erklang. Das Riesenrad rollte aus seiner Aufhängung.

»Festhalten!«, schrie ich und griff nach der nächstgelegenen Strebe, während das Rad außer Kontrolle geriet.

Das Riesenrad nahm Fahrt auf.

Und mir flog das Manuskript aus den Händen!

Kapitel 33

»Fangt es auf!«, rief ich und streckte verzweifelt den Arm danach aus.

Das Riesenrad kippte zur Seite und fiel um wie eine gewaltige Vierteldollarmünze. Wir taumelten zu Boden. Wie durch ein Wunder blieben wir unverletzt, aber …

»Das Manuskript!« Ich schaute mich um, konnte es aber nirgendwo sehen. »Habt ihr's?«

Wir waren weit genug gerollt, um für den Augenblick in Sicherheit zu sein. Doch die Monster würden kommen. Und zwar schnell.

Hannah schüttelte den Kopf.

Aus dem Riesenrad erklang ein Stöhnen. Champ krabbelte heraus. Er war ein wenig wacklig auf den Beinen, aber sein Gesicht strahlte vor Triumph. Er hielt das Manuskript in die Höhe. »Hab's gefangen.«

Ich schnappte mir das Buch. Jetzt musste ich es nur noch öffnen und alle Monster würden darin aufgesaugt werden.

Alle Monster. Plötzlich ging mir auf, was das bedeutete. Ich erstarrte.

»Komm schon! Worauf wartest du?«, sagte Champ. »Mach das Buch auf! Die Monster werden jeden Moment kommen!«

»Mach das Buch auf, Angsthase!«, schrie Hannah.

Ich öffnete das Buch.

Der Wirbelwind war viel stärker als je zuvor. Es war wie ein schwarzes Loch, dass jedes Monster in Sichtweite in sich aufsog.

Wusch … wusch … wusch … Vogelscheuchen, Werwölfe, Gargoyles, Zwerge – sie alle flogen durch die Luft auf uns zu und wurden vom Sog des Buches verschluckt.

Die Wucht ihres Aufpralls schlug mir das Buch aus der Hand. Es landete gerade rechtzeitig auf dem Boden, um auch noch den gigantischen Blob von Stines Körper herunterzusaugen.

Slappy sprang Stine an den Hals und klammerte sich fest. Zusammen taumelten sie auf uns zu. Doch auch Slappy war machtlos gegen die Kraft des Buchs.

»Das gefällt mir gar nicht!«, schrie Slappy. »In der Wettervorhersage war keine Rede von einem Tornado! Slappy ist sehr unzufrieden!«

»Stine ebenfalls!«, brüllte Stine, während er mit aller Kraft versuchte, Slappy abzuschütteln. »Blöde Puppe!«, rief er und verpasste Slappy einen Tritt, der ihn direkt ins Auge des Sturms schleuderte.

Slappy versuchte, sich im Erdboden festzukrallen, doch Stine trat ihm auf die Finger. Ich hörte ein lautes Knacken.

»Jetzt sind wir quitt«, sagte Stine.

Die Puppe glitt in den tosenden Wind und verschwand

laut kreischend im wirbelnden Nichts. »Wir sehen uns in deinen Träumen!«, rief Slappy noch, bevor er ganz weg war.

Champ schlug das Buch zu und der Wind flaute ab.

»Ich hab's geschafft«, rief er und reckte die Faust in die Luft. »Ich hab uns gerettet!«

Ich sah Stine an und zuckte bloß mit den Schultern.

Er grinste mich an.

Hannah grinste ebenfalls.

Kapitel 34

Die Stadt wurde wieder aufgebaut. Zum Glück war sie nie sehr groß gewesen, dadurch dauerte es nicht so lange.

Bald hatten alle die Nacht der Monster weitgehend vergessen – oder sie taten wenigstens so. Wahrscheinlich fiel es ihnen leichter, zu denken, sie hätten sich das alles bloß eingebildet, als mit dem Wissen zu leben, dass es Monster wirklich gab – und dass sie wiederkommen könnten.

Sie wussten offenbar nicht, dass manche Dinge niemals wiederkamen.

Die Schule wurde für einige Wochen geschlossen, damit die Schäden am Gebäude repariert werden konnten. Champ und Hannah kamen oft zum Fersehgucken oder Videospielen rüber.

Champ musste sich ständig neue Ausreden einfallen lassen, um von zu Hause zu verschwinden. Im Keller hatte er jedes Gänsehaut-Buch stehen, das je geschrieben worden war, und er erzählte mir, dass er manchmal mitten in der Nacht hörte, wie die Figuren sich miteinander unterhielten.

Aber Champ war nun einmal Champ.

Ich fand ebenfalls die ein oder andere Beschäftigung. Manchmal hing ich mit meiner Mom rum. Und immer häufiger sah ich Stine, der inzwischen mit Tante Lorraine zusammen war.

Hannah und ich verbrachten so viel Zeit wie möglich zusammen. Wir machten lange Spaziergänge – wobei wir jedes Mal einen weiten Bogen um den Friedhof und den Vergnügungspark schlugen. Eines Abends probierten wir sogar den Sushi-Mittwoch aus. Er war gar nicht so schlecht, wie ich erwartet hatte.

Schließlich öffnete die Schule wieder ihre Pforten. Ich war beinahe froh, wieder hingehen zu können. Obwohl es seltsam war, genau wie am ersten Tag mit meiner Mom dorthin zu fahren. Wie konnte sich – nach dem ganzen Horror, der hier passiert war – bloß alles so identisch anfühlen?

Mom fuhr auf den Parkplatz. »Alles klar, ich geb dir sechzig Sekunden Vorsprung«, sagte sie mit einem Zwinkern.

Okay, vielleicht war doch nicht alles identisch. »Schon in Ordnung, Mom. Lass uns einfach zusammen reingehen.«

Sie grinste mich an. Doch als ich gerade aussteigen wollte, drückte sie den Knopf für die Türverriegelung.

»Du bist ja so was von unreif«, sagte ich zu ihr. Doch eigentlich war ich froh, dass sich manche Dinge nie änderten.

* * *

In der Schule jedoch war alles anders.

Und ich meine *wirklich* anders.

Ich meine: So wie in dem Film *Die Körperfresser kommen*.

Ich war plötzlich der beliebteste Typ auf der ganzen Schule. Jeder kannte meinen Namen. Alle wollten mir Hallo sagen und mit mir befreundet sein. Oder taten zumindest so. Offenbar wurde man schnell beliebt, wenn man die gesamte Schülerschaft vor einer Monsterarmee rettete.

Ich folgte Champ in den Englischunterricht. Es war ein großer Tag für uns – nicht bloß, weil es der erste Schultag seit Langem war, sondern auch, weil wir einen neuen Englischlehrer bekamen.

Der ganze Klassenraum summte vor Gerüchten. Jeder äußerte seine Vermutung, wer unsere Klasse übernehmen würde.

Und dann betrat Mr Boyds Vertretung den Raum. Sein Haar war ordentlich zurückgekämmt. Die Brille saß hoch auf seiner Nase.

»Guten Morgen, mein Name ist Mr R. L. Stine, und ich bin euer neuer Englischlehrer. Wie es aussieht, muss Mr Boyd sich noch von dem Angriff eines mutierten Insekts erholen.«

Stine wartete gar nicht erst auf unsere Reaktion. Er wandte sich direkt der Tafel zu und begann den Unterricht.

»Also, jede Geschichte besteht aus drei Teilen: dem Anfang, der Mitte und … *der unerwarteten Wendung.*«

***

Ich für meinen Teil hatte genug von unerwarteten Wendungen. Ich freute mich auf ein schönes, langes, ereignisloses Schuljahr. Oder vielleicht sogar Leben.

Ich hatte genügend Abenteuer erlebt. Ich war zum Helden geworden und jetzt gab es für mich nichts weiter zu tun als meine Hausaufgaben. Und schnell nach Hause zu kommen, um Hannah wiederzusehen.

»Haben Sie – jetzt, wo Sie uns unterrichten – schon mal darüber nachgedacht, ob Hannah auch hier zur Schule gehen darf?«, fragte ich Stine, während wir nach der Schule zum Parkplatz gingen.

Er hatte mir angeboten, mich mit nach Hause zu nehmen.

»Ihr kleines Geheimnis ist ja jetzt ohnehin aus dem Sack, oder?«

»Es vergeht kein Tag, an dem ich nicht darüber nachdenke«, sagte er. »Und heute ist mir etwas klar geworden.« Er machte eine Pause. »Ich kann sie nicht für immer einsperren wie eins meiner Manuskripte«, sagte er dann.

Einen Augenblick lang war ich verwirrt. Stine deutete den Flur hinunter. Da stand Hannah! Sie trug einen Rucksack auf dem Rücken, genau wie alle anderen Schüler der Madison Highschool. Und sie kam auf uns zu.

Ich lief ihr entgegen. »Hannah!«

»Behaltet eure Finger bei euch!«, rief Stine uns hinterher.

Ich winkte ihm zu, dann ergriff ich Hannahs Hand. »Jetzt, wo du hier die Neue bist, kann ich dir ja mal unsere Schule zeigen. Diesmal laufen auch garantiert keine Monster rum.«

»Das wäre großartig«, lächelte Hannah mich an.

Bevor er das Schulgebäude verließ, beschloss der Schriftsteller, seiner alten Schreibmaschine noch einen Besuch abzustatten. Sie stand wieder in ihrem Schaukasten und musste die Aufmerksam-

keit der Schüleraugen nun nicht mehr mit dem Füller von Stephen King teilen.

Liebevoll schaute Stine die alte Maschine an. Er dachte an die guten Zeiten, die sie gemeinsam verbracht hatten. Ganz zu schweigen von den schrecklichen, furchtbaren und haarsträubenden Zeiten … Aber war das nicht irgendwie ein und dasselbe?

Eines Tages würde er es vielleicht riskieren, noch einmal etwas zu schreiben. Nichts allzu Schreckliches natürlich. Nichts, worin menschenfressender Rhododendron oder sieben Stockwerke hohe Meerschweinchen vorkamen. Bloß eine kleine Geschichte.

Es würde sicher guttun, die Finger wieder auf die Tastatur zu legen. Sobald sie wieder ganz verheilt waren. Es würde sich anfühlen, wie an einer juckenden Narbe zu kratzen.

Er dachte so fest an das Tippen, dass er zuerst glaubte, er bilde es sich nur ein, als die Tasten plötzlich anfingen, sich zu bewegen.

Aber nein: Die D-Taste zitterte. Dann schlug sie mit einem scharfen Klicken aufs Papier, wie von einem unsichtbaren Finger gedrückt.

Stine stand der Atem still.

Als Nächstes bewegte sich die I-Taste. Dann das E.

Nein, dachte Stine. Bitte nicht. Das darf nicht wahr sein.

Doch die Schreibmaschine interessierte das nicht. Jemand anders hatte die Kontrolle übernommen. Einen unmöglichen Buchstaben nach dem anderen brachte sie aufs Papier.

DIE RACHE DES UNSICHTBAREN FREUNDES

Stine sah sein eigenes angstverzerrtes Spiegelbild in der Glasscheibe.

Und daneben sah er noch etwas anderes. Den schmierigen Abdruck einer Kinderhand.

Es war Zeit zu spielen.